AF745796

www.ingramcontent.com/pod-product-compliance
Lightning Source LLC
LaVergne TN
LVHW010845051026
849532LV00007B/2816
* 9 7 8 9 3 6 9 0 8 2 6 5 0 *

مِس چنبیلی

(مزاحیہ مضامین)

کنہیالال کپور

Miss Chambeli *(Humorous Essays)*
by: Kanhaiya Lal Kapoor
Edition: December '2025
Publisher :
Taemeer Publications LLC (Michigan, USA / Hyderabad, India)

ISBN 978-93-6908-265-0

کتاب	:	**مِس چنبیلی** (مزاحیہ مضامین)
مصنف	:	**کنہیالال کپور**
صنف	:	طنز ومزاح
ناشر	:	تعمیر پبلی کیشنز (حیدرآباد، انڈیا)
سالِ اشاعت	:	۲۰۲۵ء
صفحات	:	۹۰
سرورق ڈیزائن	:	تعمیر ویب ڈیزائن

فہرست

میں ریڈیو کیلئے کس طرح لکھتا ہوں

میں ریڈیو کے لئے کس طرح لکھتا ہوں ، اس سوال کا صاف اور سیدھا جواب تو یہ ہے کہ جس طرح آپ لکھتے ہیں۔ لیکن ممکن ہے کہ آپ ریڈیو کے لئے نہ لکھتے ہوں تو اس کا مطلب یہ ہوا کہ مجھے ہی بتانا پڑے گا۔ تو لیجئے۔ میں ریڈیو کے لئے بالکل اسی طرح ہی لکھتا ہوں جس طرح۔ مجھے ریڈیو والے لکھنے کے لئے کہتے ہیں۔ نکتہ اس انکشاف میں یہ ہے کہ جب تک ریڈیو والے آپ سے لکھنے کے لئے نہ کہیں آپ ریڈیو کے لئے لکھ ہی نہیں سکتے۔ اگر آپ ترقی پسند ادیب ہیں چین یا روس کی سیاحت کر چکے ہیں یا چینی اور روسی سفارت خانے میں ملازم ہیں تو سمجھ لیجئے کہ آپ ریڈیو کے لئے کبھی نہیں لکھ سکتے۔ یعنی آپ کی ادبی حیثیت ریڈیو والوں کی نگاہ میں صفر تسلیم کی جائے گی۔ ہاں اگر اس قسم کی غزلیں کہتے ہیں جن میں بُت کم سن اور رقیب، روسیاہ کا ذکر رہتا ہے یا ایسے افسانے لکھتے ہیں جو محبت کی

واردات سے شروع ہو کر خودکشی کی واردات پر ختم ہوتے ہیں تو بلاشبہ آپ سے ریڈیو کے لئے لکھنے کی درخواست کی جائے گی۔

ایک اور بات جو یاد رکھنے کے قابل ہے یہ ہے کہ ریڈیو اسٹیشن تک آپ کی رسائی اسی حالت میں ہو سکتی ہے جب آپ ریڈیو اسٹیشن کے افسروں سے رسم و راہ پیدا کر لیں۔ یہ کوئی اتنی مشکل بات نہیں۔ ایک طریقہ تو یہ ہے کہ آپ اپنے احباب کو ریڈیو کے محکمے میں ملازمت کرنے پر آمادہ کریں۔ اگر آپ کا ایک دوست بھی اس محکمے میں ملازم ہو گیا تو جب تک اس کی ملازمت سلامت ہے آپ ریڈیو کیلئے لکھتے رہیں گے۔ بالفرض آپ کا کوئی دوست ریڈیو کی ملازمت کرنے پر رضامند نہیں ہوتا تو پھر بہر حال آپ کو ان لوگوں کی خدمت میں باریابی حاصل کرنا ہوگی جو ریڈیو اسٹیشن پر خدا یا ناخدا کی حیثیت سے قابض ہیں۔ یعنی ڈائرکٹر۔ اسسٹنٹ ڈائرکٹر، پروگرام اگزیکیٹیو وغیرہ۔ ڈائرکٹر سے ملاقات کرنا ذرا ٹیڑھی کھیر ہے۔ کیونکہ خدا کا یہ برگزیدہ انسان عموماً ملاقاتیوں کو یہ کہہ کر ٹال دیتا ہے کہ اس کے پاس ملاقات کے لئے وقت نہیں ہے۔ حالانکہ دیکھا جائے تو دو چار ضروری کاغذات پر دستخط کرنے کے علاوہ اس کے پاس کوئی کام نہیں ہوتا۔ اسسٹنٹ ڈائرکٹر عموماً دنیا سے اس قدر بیزار رہتا ہے کہ اس سے ملاقات کرنے کے بعد ملاقاتی کچھ لکھنے کی بجائے خودکشی کرنا زیادہ مناسب سمجھتا ہے۔ اس لئے اگر آپ پروگرام اگزیکیٹیو سے ملنے کی کوشش کریں تو بہتر ہوگا۔ پہلے ٹیلیفون پر اس سے ملاقات کا مناسب دن اور وقت دریافت کریں اور پھر دو چار انگریزی یا فرانسیسی ناول بغل میں داب کر اس کے دفتر میں جا دھمکیں۔ گفتگو اس قسم کی ہونی چاہیئے۔

"آداب عرض ہے۔"

"مدّت سے خواہش تھی کہ آپ سے شرفِ نیاز حاصل کیا جائے۔"

"آپ تو اردو۔ ہندی۔ بنگالی اور گجراتی کے مانے ہوئے ادیب ہیں۔"

"وہ ناول جو آپ پچھلے پندرہ برس سے لکھ رہے تھے، اس کا پہلا باب آپ نے لکھ لیا یا ابھی اس کا پلان بنا رہے ہیں۔"

"جب سے آپ یہاں تشریف لائے ہیں پروگرام یقیناً بہتر ہو گئے ہیں۔ اب تو کبھی کبھی تقریریں سننے کو بھی جی چاہنے لگا ہے۔"

"یہ الماس بیگم تو آپ کی دریافت معلوم ہوتی ہیں۔ آپ کے آنے سے پہلے اسے کوئی منہ نہیں لگاتا تھا۔"

"آپ نے یہ فرانسیسی ناول پڑھا۔ اگر آپ اسے گجراتی میں منتقل کریں، تو کیسا رہے گا۔"

ان باتوں کے جواب میں اگر پروگرام ایگزیکٹیو سمجھدار ہے تو برابر مسکراتا رہے گا۔ اگر نہیں ہے تو شیخی بگھارنے لگے گا۔ آپ اس کی باتوں سے ذرہ بھر بھی مرعوب نہ ہوتے ہوئے اس کی ہاں میں ہاں ملاتے جائیے۔ اگر وہ کہے کہ فرصت ہی کتنی ملتی ہے کہ کوئی اپنے ناول کا پہلا باب مکمل کر سکے۔ تو آپ کو فوراً کہنا چاہیے۔ "بجا ارشاد ہوا۔ یقیناً اگر آپ کسی اور محکمے میں ہوتے تو اس وقت تک دو درجن ناولوں کے مصنف ہوتے۔" اگر وہ کسی جرمن یا جاپانی مصنف کا حوالہ دے جس کا تازہ ناول وہ پڑھ رہا ہے تو آپ دس بارہ فرنچ، ڈچ یا چینی مصنفوں کے نام گنوا دیجیے جن کے تمام ناول آپ پڑھنے کا ارادہ رکھتے ہیں۔

اس ملاقات کا آپ کو یہ فائدہ ہوگا کہ آئندہ آپ پروگرام ایگزیکیٹیو کی نگاہ میں رہیں گے اور وہ جب بھی نیا سلسلہ (Series) شروع کرے گا ایک آدھ تقریر آپ کو مل جائے گی۔

دوسری بات جو آپ کو اچھی طرح سمجھ لینی چاہیئے یہ ہے کہ ریڈیو والے ہمیشہ تقاریر کے "سلسلے" تجویز کرتے ہیں۔ مثلاً سلسلہ ہوگا۔ "کیسے چلتی ہے"۔ اور اس میں تقاریر کے عنوانات ہوں گے ۔

۱۔ کھولی ٹھٹھی۔

۲۔ زنگ خوردہ بندوق۔

۳۔ بات سے بات۔

۴۔ پنڈت جی کی بہلی۔

۵۔ بدمزاج بیوی کی زبان۔

اب آپ اس پر نہ جائیے کہ یہ سلسلہ "کتنا مضحکہ خیز ہے یا اس میں تقاریر کے عنوانات کتنے عجیب و غریب ہیں بلکہ غ فکرِ ہر کس بقدرِ ہمت اوست کے مصداق اسے نظر انداز کر دیجئے۔ اور چپکے سے تقریر لکھ ڈالیے۔ اس ضمن میں ایک انکشاف آپ کی مدد کر سکتا ہے۔ وہ یہ کہ قریب قریب ہر ریڈیو اسٹیشن ایک ہی قسم کے سلسلے نشر کرتا ہے۔ اس لئے آپ غور سے ہر اسٹیشن کا پروگرام سنئے۔ کوئی نہ کوئی وہی تقریر نشر کر رہا ہوگا کہ جو آپ کو کرنا ہے۔ اس لئے آپ وہ ساری کی ساری تقریر نوٹ کر لیجئے۔ اور پھر تاریخ مقررہ پر نشر فرما دیجئے۔

بعض اوقات تقاریر کے نئے سلسلے پر کسی مشہور شاعر کا کوئی چلتا ہوا مصرع چسپاں کیا جاتا ہے۔ مثال کے طور پر ؎ یہ نہ تھی ہماری قسمت کہ

۱۔ ہم خاکروب ہوتے!

۲۔ ہم چڑیمار ہوتے!

۳۔ ہم تھانیدار ہوتے!

۴۔ ہم سمجھدار ہوتے!

یا ؎ تنگدستی اگر نہ ہو غالب

۱۔ بے حیائی ہزار نعمت ہے!

۲۔ روسیاہی ہزار نعمت ہے!

۳۔ بددماغی ہزار نعمت ہے!

جب صورتِ حال یہ ہو تو آپ غالب کی روح سے معذرت کئے بغیر تقریر کا آغاز کر دیں۔ کیونکہ اگر آپ یہ سوچنے لگے کہ غالب مرحوم پر جنت میں کیا گذرے گی تو آپ تقریر نہیں کر سکیں گے۔

تقاریر کے علاوہ ریڈیو والے آپ سے فیچر اور ڈرامے بھی لکھواتے ہیں فیچر ریڈیو کی خاص ایجاد ہے۔ اس کو عام طور پر وہ لوگ لکھتے ہیں جو فیچر سے بہتر چیز لکھنے کے اہل نہیں۔ چونکہ معاوضہ کافی ملتا ہے اس لئے فیچر نویسی ہرگز خسارے کا سودا نہیں۔ فیچر موسموں، شہروں، کھنڈلوں اور گلہریوں پر لکھے جاتے ہیں۔ کسی خاص موسم پر فیچر لکھنے کا آسان طریقہ یہ ہے کہ اس موسم سے متعلق جتنے گیت، نظمیں یا غزلیں ملیں انہیں اکٹھا کر لیجئے اور پھر پانچ دس

سطور خود لکھئے اور ایک آدھ سطر کے بعد دو تین بلکہ چار گیت نقل کرتے جائیے مثلاً آپ کو "بسنت" پر فیچر لکھنا ہے تو زیادہ سے زیادہ آپ کو مندرجہ ذیل طبعزاد فقرے لکھنا ہوں گے۔

"بسنت! آہا ہا بسنت! یعنی واہ واہ۔ بسنت کا موسم ہے۔ جدھر دیکھو ادھر بسنت۔ دائیں بائیں آگے پیچھے بسنت! ساتویں آسمان کے علاوہ ہر جگہ بسنت۔ ریڈیو سٹیشن پر بہار ہی بہار نظر آتی ہے۔ ڈائرکٹر صاحب کو شاید یرقان ہو گیا ہے اسی لئے انھیں ہر چیز پیلی پیلی نظر آ رہی ہے۔ وہ دیکھئے۔ ارے وہ بسنتی کپڑوں میں ملبوس خوبصورت لڑکیاں بسنت کے گیت گا رہی ہیں۔ اور ادھر بدصورت لڑکے ان کا منہ چڑا رہے ہیں۔ آئیے یہاں سے کہیں دور بھاگ چلیں ورنہ ہمیں یہ گیت سننا پڑیں گے"۔

اگر آپ کو کسی شہر پر فیچر لکھنا مقصود ہے تو یوں لکھئے۔

"دلی! ہندوستان کا دل ہے۔ ہندوستان ایشیا کا دل ہے۔ اور ایشیا خدا جانے کس کا دل ہے۔ بہر حال کسی کا ہوگا۔ دلی کئی بار اجڑی اور کئی بار بسی اور اب اجڑنے کا نام نہیں لیتی۔ دلی بہر حال دلی ہے۔ یعنی لکھنؤ یا ٹمبکٹو نہیں۔ دلی میں بڑے بڑے باکمال لوگ رہتے ہیں۔ کس کس کا ذکر کیا جائے۔ سبھی باکمال۔ دلی کی گلیوں میں خاص کشش ہے کیونکہ یہاں بارہ مسالے کی چاٹ بکتی ہے۔ اسی لئے تو انھیں چھوڑ کر جانے کو جی نہیں چاہتا۔ جائے بھی تو کوئی کہاں جائے۔ چاروں طرف دلی ہی دلی ہے۔ یہاں کا ہر خاک دست اپنے کو میر یا غالب سمجھتا ہے۔ اللہ اللہ خود فریبی کی بھی حد ہوتی ہے۔ دلی شہر

نہیں ۔ بھول بھلیاں ہے ۔ نئی دلی میں راستہ بھول جاؤ تو پرانی دلی میں جا پہنچو ۔ اور پرانی دلی میں راستے سے بھٹک جاؤ تو نئی دلی پہنچ جاؤ ۔ دلی کی اہمیت تبھی تک ہے جب تک مہادلی وجود میں نہیں آتا وغیرہ وغیرہ ۔

اب رہے ریڈیو ڈرامے! ریڈیو ڈرامہ لکھنے کا آسان ترین طریقہ یہ ہے کہ کبھی طبعزاد ڈرامہ لکھنے کی غلطی نہ کی جائے ۔ اول تو پلاٹ ہی مشکل سے ملتا ہے ۔ پلاٹ مل جائے تو مناسب کلائمیکس نہیں سوجھتا ۔ کلائمیکس بھی سوجھ جائے تو اختتام کا مسئلہ اچھی خاصی الجھن پیدا کر دیتا ہے ۔ ان مشکلوں سے بچنے کا آسان طریقہ یہ ہے کہ آپ ہمیشہ کسی انگریزی انتخاب کی طرف رجوع کیجیے جس کا نام ہو "۱۹۵۵ء کے بہترین ناٹک" ۔ "انیسویں صدی کے مشہور ایک ایکٹ کے ڈرامے" ۔

اس کتاب سے پلاٹ ۔ کردار ۔ زبان اڑا کر انھیں ہندوستانیت کا رنگ دے دیجیے ۔ اگر اصلی ڈرامے کا نام ہے "کھٹے انگور" تو اب اس کا نام رکھ دیجیے "میٹھا آلو بخارا" ۔ لیجیے ڈرامہ تیار ہے ۔ معمولی ترمیمیں تو ہوں گی ہی ۔ مثلاً ہیرو کا نام "ولیم" کی بجائے "ولی علیم" ہوگا اور ہیروئن للی کی بجائے بیلی کے نام سے پکاری جائے گی ۔ اگر آپ ایسا ڈرامہ لکھ دیں گے تو نہ صرف ریڈیو والے آپ کی ذہانت کی داد دیں گے بلکہ مبلغ تیس روپے کا چیک بھی آپ کی خدمت میں پیش کریں گے ۔

ایک آخری بات اور یاد رکھیے ۔ جب کبھی آپ ریڈیو پر تقریر کریں یا آپ کا لکھا ہوا کوئی فیچر یا ڈرامہ نشر کیا جائے اس سے اگلے دن آپ اپنے احباب

کو لکھیں کہ وہ آپ کی تقریر، ڈرامے یا فیچر کے بارے میں تعریفی خطوط ریڈیو سٹیشن ڈائرکٹر کے نام بھجوائیں۔ اگر ہو سکے تو چھ سات خطوط آپ خود لکھ کر فرضی ناموں کے تحت ڈائرکٹر صاحب کو بھجوا دیں۔ مضمون یہ ہونا چاہئے۔

محترمی!

بڑی مدت کے بعد آپ کے اسٹیشن سے ایک اچھا فیچر سننے کو ملا۔ میری مراد سے میر معلوم ہے قلندر تھا، سے ہے۔ ملنگ شمائزی صاحب نے میر کی قلندری کا نقشہ جن الفاظ میں کھینچا ہے وہ بعینہ میر کے اپنے الفاظ ہی ہیں۔ اُمید ہے آپ یہی فیچر دوبارہ بلکہ سہ بارہ سنوائیں گے۔ ہاں اگر مناسب سمجھیں تو ملنگ صاحب سے کہیں کہ ایک فیچر سے پھرتے ہیں میر خوار کوئی پوچھتا نہیں۔ پر آپ تو لکھ کر دیں۔

تو لیجئے۔ یہ ہے ریڈیو کے لئے لکھنے کی تکنیک۔ اللہ توفیق دے تو آپ بھی ریڈیو کے لئے لکھا کیجئے۔ دلچسپ شغل ہے اور پھر جیسا کہ ملنگ صاحب نے کہا ہے۔ آم کے آم گٹھلیوں کے دام!

کہ پہچانی ہوئی صورت بھی...

اک زمانہ تھا کہ احباب ہمارے متعلق کہا کرتے تھے: "غضب کا حافظہ پایا ہے آپ نے! برسوں کی بات آپ کو اس طرح یاد رہتی ہے جیسے وہ کل کی یا زیادہ سے زیادہ پرسوں کی بات ہو!" غیر تو غیر خود ہمیں اپنے حافظے پر رشک آیا کرتا تھا اور اب کہ عمر پچپن سے تجاوز کر چکی ہے، یہ حال ہے کہ بسا اوقات دوپہر کے وقت سوچنا پڑتا ہے کہ صبح کا ناشتہ کر لیا ہے یا ابھی کرنا ہے۔ سگرٹ جو سلگانے کے لئے نکالا تھا منہ میں رکھ لیا ہے یا پھر سگریٹ کیس ہی میں رکھ دیا ہے۔ جس درزی سے قمیض کا مطالبہ کر رہے ہیں وہی ہے جسے کپڑا لاکر دیا تھا یا اس سے ملتا جلتا کوئی دوسرا ہے۔ خیر یہ معمولی پریشانیاں ہیں انہیں اٹھایا جا سکتا ہے۔ لیکن اس کا اب کیا کیا جائے کہ آئے دن کوئی شناسا صورت سوالیہ نشان بن کر سامنے کھڑی ہو جاتی ہے اور پوچھتی ہے۔ "مجھے پہچانا؟"

اس وقت یہ حال ہوتا ہے کہ کاٹو تو لہو نہیں بدن میں۔ لاکھ حافظے کو کریدتے ہیں کہ ان حضرت سے کہاں ملاقات ہوئی تھی۔ بمبئی میں؟ کلکتے میں؟ شاید دہلی میں؟ لیکن ان شہروں میں تو سینکڑوں آدمیوں سے ملے تھے۔ تو پھر یہ کون ہوسکتے ہیں اچھا تو یہ وہ ہیں جن سے ایک بار راہ چلتے کلکتہ یونیورسٹی کا راستہ دریافت کیا تھا لیکن یہ بنگالی تو معلوم نہیں ہوتے۔ تو پھر وہی ہوں گے جنہیں ایک بار کسی مشاعرے میں سُنا تھا یا شاید؟ اف کچھ سمجھ میں نہیں آتا۔ اس لئے جھوٹ موٹ کہہ دیتے ہیں: "ہاں صاحب! کیوں نہیں پہچانا۔ بھلا آپ کو کیسے بھول سکتے ہیں؟" اکھڑا اکھڑا لہجہ صاف بتا رہا ہے کہ ہم حکمتِ عملی سے کام لے رہے ہیں۔ آخر نو وارد بھی اتنا کم سمجھ نہیں کہ ہماری گھبراہٹ کو بھانپ نہ جائے۔ اس لئے وہ فوراً پوچھتا ہے: "بھلا بتائیے تو ہم کون ہیں؟" اب اس سوال کا کیا جواب دیا جائے یعنی

پوچھتے ہیں وہ کہ غالب کون ہے
کوئی بتلائے کہ ہم بتلائیں کیا

اگر یہ جانتے کہ آپ کون ہیں تو مصافحہ کرتے وقت ہی نہ بتلا دیتے۔ ایک بار پھر ان کے چہرے کی طرف غور سے دیکھنے کے بعد ہم کہتے ہیں: "اگر ہم غلطی نہیں کرتے تو آپ ہمارے استاد مولوی رمضان علی ہیں۔ ہم آپ سے آٹھویں جماعت میں فارسی پڑھا کرتے تھے۔

"ہاہا۔ مولوی رمضان علی۔ خوب پہچانا آپ نے۔ اجی حضرت میں تو آپ کا شاگرد قربان علی ہوں۔ میں آپ سے دسویں جماعت میں انگریزی پڑھا کرتا تھا۔"

"آہا۔ قربان علی۔ ہاں بھئی تم واقعی قربان علی ہو۔ لیکن اس وقت تمہاری

ڈاڑھی نہیں ہوا کرتی تھی۔ ٹھیک ہے نا؟"

"جناب اس وقت عمر ہی کیا تھی جو ڈاڑھی ہوتی۔ اس وقت تو میں بچہ تھا۔"

"بالکل ٹھیک ہے۔ لیکن اب تو آپ خاصے بزرگ نظر آتے ہیں۔ شاید ڈاڑھی کی بدولت؟"

"اس ڈاڑھی کا بھی عجیب قصہ ہے صاحب! ایک بار میرا سیفٹی ریزر گم ہو گیا دوسرا خریدنے کا مقدور نہ تھا۔ میں نے فیصلہ کیا کہ آئندہ شیو نہیں کیا کروں گا۔ بس اسی دن سے جو ڈاڑھی نے بڑھنا شروع کیا اب تک برابر بڑھتی چلی جا رہی ہے۔"

"تبھی تو میں بھی دل میں سوچ رہا تھا کہ ہے تو قربان علی۔ لیکن اس کمبخت نے یہ حلیہ کیا بنا رکھا ہے؟"

"لیکن صاحب یہ رہی خوب۔ آپ کو اپنے شاگرد پر اپنے استاد کا دھوکا ہوا۔"

"نہیں نہیں دھوکا نہیں ہوا۔ دراصل اس وقت جو تمھاری وضع قطع ہے وہ بالکل مولوی رمضان علی سے ملتی ہے۔ خدا بخشے بڑی خوبیوں کے مالک تھے مولوی صاحب۔ اس محنت اور محبت سے فارسی پڑھایا کرتے تھے کہ داد نہیں دی جا سکتی۔ اب ایسے استاد کہاں؟"

"پھر بھی آپ کا دم غنیمت ہے صاحب۔"

"اجی نہیں۔ میں کیا ہوں۔ میں تو اگر آپ کی طرح ڈاڑھی بھی رکھ لوں، تو مولوی رمضان علی کی گرد کو نہیں پہنچ سکتا۔۔۔۔۔ اچھا کوئی میرے لائق خدمت؟"

"بس نیاز حاصل کرنے ہی آیا تھا۔ اب اجازت دیجیے۔"

وہ چلے جاتے ہیں اور ان کی غیر حاضری میں اپنے حافظے کا ماتم کرنے کو جی

چاہتا ہے۔ قربان علی کو مولوی رمضان علی سے خلط ملط کر بیٹھے اف کتنی غلطی ہوئی۔

چند دنوں کے بعد گاڑی کے انتظار میں پلیٹ فارم پر ٹہل رہے ہیں کہ کسی نے نہایت بے تکلفانہ انداز میں ہمارا نام پکارتے ہوئے کہا: میں نے کہا چوپڑہ صاحب اک نظر ادھر بھی۔"

حیرانی کے عالم میں ہم ایک اجنبی سے پوچھتے ہیں۔"کیوں صاحب آپ نے ہمیں آواز دی۔" وہ مسکرا کر جواب دیتا ہے۔"جی ہاں اگر آپ کا نام گنیش داس چوپڑہ ہے تو" فوراً سمجھ جاتے ہیں کہ یہ شخص ہمیں جانتا ہے لیکن ہم اسے نہیں پہچانتے۔ وہ ہماری گھبراہٹ سے لطف اندوز ہوتے ہوئے پھر کہتا ہے۔" اگر آپ مراد آباد کے رہنے والے ہیں تو۔۔۔۔"

یہ تو ٹھیک کہتا ہے، رہنے والے تو ہم مراد آباد ہی کے ہیں۔

"اگر آپ کے چھوٹے بھائی کا نام موتی ساگر ہے تو۔۔۔۔"

یہ بھی درست ہے۔

"اگر آپ لکھنؤ یونیورسٹی میں پڑھتے رہے ہیں تو۔۔۔۔"

یاالٰہی! یہ شخص تو غیب کا علم جانتا ہے ابھی ابھی کہے گا: اگر آپ کی بیوی کا نام رنجنا دیوی ہے تو۔ اگر آپ کے سات بچے ہیں تو۔ اگر آپ کی عمر سادن سال ہے تو۔" لیکن یہ ہے کون۔ ہماری تو اس سے پہلی ملاقات معلوم ہوتی ہے۔ وہ ایک بار پھر مسکرا کر پوچھتا ہے ـــ "کہیے پہچانا نہیں؟"

"جی ہاں۔ پہچان لیا۔"

"تو پھر بتائیے ہم کون ہیں؟"

"آپ ہمارے خیال میں بنارس کے مشہور جیوتشی رنگ بہاری لال ہیں کہ جو جنم پتری دیکھے بغیر ماضی، حال، مستقبل کی تمام باتیں بتا دیتے ہیں۔"

"واہ! چوپڑہ صاحب واہ۔ اتنی جلدی بھول گئے۔ ابھی ہم رنگ بہاری نہیں شام مراری ہیں۔ سنہ ۱۹۴۲ء میں آپ سری نگر میں اپنے بھائی موتی ساگر گیا تھ ہمارے ہوٹل میں ہی ٹھہرے تھے۔"

اتنے میں گاڑی آجاتی ہے۔ ہم شام مراری سے اجازت لیکر ایک ڈبے میں داخل ہو جاتے ہیں اور اپنی سیٹ پر بیٹھ کر سوچتے ہیں۔ یہ شام مراری بھی عجیب قسم کے ہوٹل پروپرائیٹر واقع ہوئے ہیں۔ سنہ ۱۹۴۲ء میں ہم ضرور ملے تھے لیکن سولہ سال کی بات ہے۔ اس پر فرماتے ہیں اتنی جلدی بھول گئے۔ اونہہ! جیسے سولہ برس کا عرصہ معمولی عرصہ ہوتا ہے۔ شام مراری کی سادہ لوحی پر دل ہی دل میں تبصرہ کرنے کے بعد جونہی ہم سامنے والی سیٹوں پر نظر دوڑاتے ہیں۔ ایک شخص ہماری طرف گھور گھور کر دیکھ رہا ہے۔ عمر میں ہم سے پانچ سال چھوٹا۔ چاند انڈے کی طرح صاف شفاف۔ آنکھوں پر موٹے موٹے شیشوں والی عینک۔ دو ایک منٹ کے بعد وہ ہماری طرف لپک کر کہتا ہے: "میرے خیال میں آپ پروفیسر چوپڑہ ہیں۔"

ہم بڑی بے رخی سے جواب دیتے ہیں: "جی ہاں آپ کا خیال درست ہے۔"

"آپ نے شاید مجھے پہچانا نہیں۔"

ہم نفی میں سر ہلاتے ہیں۔

"ذرا کوشش کیجئے آپ مجھے جانتے ہیں۔"

"کچھ اتا پتا بتائیے تو کوشش کریں۔"

"کلکتے میں ملاقات ہوئی تھی۔"

"کب؟"

"سات برس کی بات ہے۔"

"اچھا۔ ہاں ہاں سمجھ گئے۔ تو آپ ہیں۔ کہیئے آپ کی وہ فلم مکمل ہوگئی؟"

"کون سی فلم؟"

"وہی کیا نام تھا اس کا۔ لیمپ کا جادو!"

"لیمپ کا جادو!"

"نہیں نہیں۔ جادو کا لیمپ۔"

"جادو کا لیمپ؟ یہ آپ کیا فرما رہے ہیں!"

"تو کچھ اور نام ہوگا۔ بہرحال وہ مکمل ہوگئی نا!"

"لیکن صاحب میں فلم لائن میں نہیں ہوں۔"

"فلم لائن میں نہیں ہوں! تو کیا آپ ڈائرکٹر گھوش نہیں ہیں؟"

"اجی کہاں ڈائرکٹر گھوش۔ کہاں ایک معمولی پوسٹ مین۔"

"معمولی پوسٹ مین؟"

"جی ہاں۔ میں اچھے کمار پوسٹ مین ہوں۔ ٹالی گنج میں جہاں آپ ٹھہرے تھے میں آپ کی ڈاک لایا کرتا تھا۔ پوجا کی چھٹیوں میں آپ نے مجھے انعام بھی دیا تھا۔"

"ہاں ہاں۔ بالکل بالکل۔ آپ اچھے کمار ہیں۔ معاف کیجئے۔ مجھے مغالطہ اس لئے ہوا کہ ڈائرکٹر گھوش بھی آپ کی طرح ....."

"ہاں ہاں گنجے ہیں۔"

"لیکن۔ یہ آپ یک لخت گنجے کیسے ہوگئے۔ اس وقت تو آپ کے سر پر کافی بال تھے؟"

"یہ سب نزلے کی مہربانی ہے صاحب۔ پچھلی گرمیوں میں سارے بال جھڑ گئے"۔

"اوہو۔ بڑے افسوس کی بات ہے۔ ان گرمیوں میں خیال رکھیے گا۔"

"جی؟"

"کچھ نہیں۔ ویسے اور تو خیریت ہے نا؟"

"جی ہاں! جی ہاں!"

اتنے میں گاڑی ایک اسٹیشن پر رکی۔ اجے کمار جے ہند کہہ کر رخصت ہوئے اور ہم گنجے پن کی کرامات پر غور کرنے لگے جس کی بدولت سب گنجے ایک سے نظر آتے ہیں۔ بارہا یوں بھی ہوتا ہے کہ سڑک پر چلتے ہوئے ہم نے کسی شخص کو دیکھا اور اس کے قریب جا کر کہا "آداب عرض۔ کہیے آپ کب تشریف لائے؟" اس نے ہمیں بالکل نہ پہچانتے ہوئے جواب دیا۔ "معاف کیجیے آپ کو مغالطہ ہوا"۔ ہم نے فوراً کہا۔ "اجی ہمیں بناتے ہیں آپ۔ ٹھیک ہے۔ بہت بڑے افسر جو ٹھہرے"۔

"میں آپ کا مطلب نہیں سمجھا؟"

"ہاں جناب اب آپ ہمارا مطلب کیوں سمجھنے لگے۔ گورنمنٹ کالج کے پرنسپل جو ہوئے"۔

"گورنمنٹ کالج کا پرنسپل۔ یہ آپ سے کس نے کہا؟"

"اجی کہتا کس نے تھا۔ اخبار میں جو چھپا تھا کہ یکم فروری سے آپ پرنسپل بنا دیئے گئے ہیں"۔

"جی وہ کوئی اور صاحب ہوں گے"۔

"جی نہیں ہم نے خود پڑھا تھا کہ ریاض احمد پرنسپل مقرر کیے گئے ہیں"۔

"معاف کیجئے۔ میں ریاض احمد نہیں ہوں۔"

"یہ کیسے ہوسکتا ہے؟"

"کیونکہ میرا نام احمد علی ہے اور میں میونسپلٹی میں کلرک ہوں۔"

"اوہ! بڑی غلطی ہوئی۔ معذرت چاہتا ہوں۔"

"کوئی بات نہیں۔ ایسا اکثر ہو ہی جاتا ہے۔"

وہ چلا جاتا ہے اور ہم اپنا سا منہ لے کر رہ جاتے ہیں اور سوچتے ہیں وہ وقت قریب آ رہا ہے جب ہر شخص پر ہمیں کسی دوسرے شخص کا دھوکا ہوا کرے گا اور جیب لوگ ہمارے دماغی توازن کے متعلق عجیب و غریب رائیں قائم کریں گے۔ کتنی مضحکہ خیز صورت حال ہو گی جب مثال کے طور پر ہم کسی ناواقف عورت سے کہیں گے: "نمستے بھابی۔ کہئے مزاج کیسا ہے۔" اور وہ خشم آلود نگاہوں سے ہماری طرف دیکھتے ہوئے جواب دے گی "شرم نہیں آتی آپ کو راہ چلتی عورتوں سے مذاق کرتے۔" اور جو کسی شوخ و شنگ حسینہ سے پالا پڑ گیا تو ۔ ۔ ۔ ۔ بچاؤ کی صرف یہی صورت ہے کہ آئندہ کسی کو پہچاننے کی کوشش ہی نہ کریں۔ ہر ملاقاتی سے مصافحہ کرنے کے بعد کہہ دیا کریں۔ "ہم سے یہ امید مت کیجئے گا کہ ہم آپ کو پہچان لیں گے۔ دراصل کثرتِ مطالعہ کی وجہ سے بینائی اس قدر کمزور ہو گئی ہے کہ غیر تو غیر اکثر ہم اپنے کو بھی نہیں پہچان سکتے۔

ہو گئے مضمحل قوئے غالب

اب عناصر میں اعتدال کہاں

ہندوستان دیکھئے

میں ابھی ابھی ایک گاڑی سے اترا ہوں اور تھرڈ کلاس کے مسافر خانے میں ایک بنچ پر بیٹھ کر دوسری گاڑی کا انتظار کر رہا ہوں۔ میں ایک رشتہ دار کی شادی میں شامل ہونے کے لئے گیا تھا اور مجھے افسوس ہو رہا ہے اس لئے نہیں کہ شادی اس کی تھی اور کوفت مجھے ہوئی۔ بلکہ اس لئے کہ ایک سترہ سالہ حسین دوشیزہ ایک بدصورت ادھیڑ عمر کے آدمی کے پلے باندھی گئی۔ مجھے اس راز کا پتہ بعد میں چلا ورنہ میں ہرگز اس شادی میں شامل نہ ہوتا۔ یہ میرا رشتہ دار بریلی میں وکیل ہے۔ تقسیم ہند کے بعد ایک خاندان نے اس کے قرب میں پناہ لی۔ وہ اس خاندان پر ڈورے ڈالنے لگا۔ اپنے رسوخ سے انھیں ایک ٹوٹا پھوٹا مکان الاٹ کرا دیا۔ اپنا بوسیدہ فرنیچر ان کے گھر بھجوا دیا۔ بڑے لڑکے کو مقامی بینک میں چپڑاسی لگوا دیا۔ پچھلے سال اس کی بیوی سر گباش ہو گئی اور اس سال

اس فرشتہ سیرت وکیل نے اس شرنارتھی خاندان کی دوشیزہ سے جو ایف اے پاس ہے دوسری شادی رچالی۔ میں نے اس لڑکی کی ایک ہلکی سی جھلک اس وقت دیکھی تھی جب وہ ڈولی میں سوار ہو رہی تھی۔ بھرا بھرا جسم. گورا چٹا رنگ اور آنکھیں ایسی آنکھیں جنھیں ایک بار دیکھنے کے بعد پھر کوئی دوسری چیز نظروں میں نہیں جچتی۔ نہ جانے اسے دیکھ کر مجھے فرانسیسی شاعر کا مصرع کیوں یاد آ گیا تھا۔ ع "خدا نے جب اس لڑکی کو بنایا ہوگا تو خدا جانے اس کا اپنا ایمان متزلزل ہونے سے کیسے بچا ہوگا؟"

اور بنچ پر بیٹھا ہوا میں سوچ رہا ہوں کہ اس لڑکی کی کس کس حسرت کا خون ہوا ہوگا۔ میرے سامنے مسافرخانے کی ٹین کی دیوار پر بڑے بڑے اشتہار لگے ہوئے ہیں. کسی پر کشمیر کا منظر ہے کسی پر ممبئی کا۔ کلکتے کی چورنگی کی تصویر ہے اجنتا اور ایلورا کی غاریں ہیں۔ ان اشتہاروں کے نیچے موٹے حروف میں لکھا ہے۔ "سی انڈیا" ("ہندوستان دیکھئے")

میں یہ پڑھ کر دل میں کہتا ہوں۔ "خوب۔ ہندوستان دیکھئے۔ تو گویا ابھی تک ہم انگلستان یا فرانس دیکھتے رہے ہیں" ہندوستان دیکھئے! لیکن کیوں نہ اس سے پہلے ہندوستان کا محکمہ ریل دیکھئے۔ سبحان اللہ۔ کیا کیا نئی گاڑیاں ایجاد کی ہیں اس محکمے نے۔ جنتا ایکسپریس! اگر اس کا نام "جہنم ایکسپریس" رکھ دیتے تو کیا ہرج تھا۔ میں ابھی ابھی اسی گاڑی سے سفر کر کے آ رہا ہوں. ہر تھرڈ کلاس ڈبہ کلکتے کے روایتی "بلیک ہول" کی یاد دلاتا تھا۔ خدا جانے کلکتے میں کوئی واقعی بلیک ہول تھا۔ یا یہ کسی انگریز کے زرخیز دماغ کی اختراع تھی۔ مگر

گر یہاں تو ایک نہیں درجنوں بلیک ہول دیکھ لیجئے۔ پچاس آدمیوں کے بیٹھنے کی جگہ اور سوار ہیں ایک سو پچاس۔ کچھ کھڑے ہیں۔ کچھ فرش پر لیٹے ہوئے ہیں اور باقی باہر لٹک رہے ہیں۔

ہمیں تو اس کے کوچے میں کسی صورت بسر کرنا
کھڑے ہیں یا پڑے ہیں یا پسِ دیوار بیٹھے ہیں

اور پھر ہر نئے اسٹیشن پر نئے مسافروں کی یلغار۔ نشستوں کا یہ حال کہ اگر نشست پر بیٹھنے کی کوشش کی جائے تو آسانی سے آدمی کسی دائیں بائیں بیٹھے ہوئے مسافر کی گود میں جا گرے۔ کرایہ کمر توڑ! یعنی تھرڈ کلاس کا کرایہ ادا کیجئے تو محسوس ہو کہ سکنڈ کلاس کے دام لئے جا رہے ہیں اور تھرڈ کلاس میں بیٹھئے تو پتہ چلے کہ فورتھ یا ففتھ کلاس میں سفر کر رہے ہیں۔

خوب ہندوستان دیکھئے۔ لیکن ریلوے ورکشاپ میں کام کرنیوالے مزدوروں کی حالت مت دیکھئے۔ کیونکہ وہ دیکھنے کے لائق ہی کب ہے۔ اس لئے آپ مزے سے اجنتا ایلورا کی سیر کیجئے۔

میرے بنچ کے قریب ایک نیم برہنہ نوجوان فرش پر لیٹا ہوا ہے۔ ہر بیند رہ بیس منٹ کے وقفے کے بعد وہ دھاڑیں مار کر روتا ہے اور ظفر کی مشہور غزل کا مقطع پرسوز لے میں دہراتا ہے۔

کوئی مجھ پہ شمع جلائے کیوں۔ کوئی مجھ پہ آنسو بہائے کیوں
کوئی مجھ پہ پھول چڑھائے کیوں کہ میں بے کسی کا مزار ہوں

یا الٰہی! اس شخص کو کیا ہوا ہے۔ میں وقت کاٹنے کے لئے بنچ پر اونگھنے

ہوئے اپنے ساتھی سے پوچھتا ہوں ۔ وہ کہتا ہے ۔ کچھ معلوم نہیں عجیب و غریب روائتیں ہیں اس کے متعلق ۔ کوئی کہتا ہے کہ اسے ایک برہمن لڑکی سے عشق تھا وہ بھی اسے چاہتی تھی ۔ لیکن لڑکی کے ماں باپ رضامند نہ ہوئے ۔ کیونکہ یہ کھتری ہے اور وہ برہمن ۔ یہ بھی سنا ہے کہ اسے کسی لڑکی سے عشق نہیں تھا ۔ اس نے ایک بار سادھوؤں کو پیسہ نہیں دیا تھا ۔ اس نے بد دعا دی کہ تو پاگل ہو جائیگا اور کتے کی موت مریگا ۔ یہ بھی سننے میں آیا ہے کہ یہ شخص بڑا ذہین ہے ایم اے فرسٹ ڈویژن میں پاس کیا ہے ۔ چار سال نوکری کے لئے مارا مارا پھرتا رہا ۔ کہیں کام نہ بنا ۔ فاقوں کے مارے بُرا حال ہو گیا اور ایک دن دماغ چل گیا ۔ کسی نے یہ بھی کہا ہے کہ یہ کسی کارخانے میں مزدور تھا ۔ پچھلے دنوں چھانٹی میں آگیا ۔ اور رفتہ رفتہ بیکار رہنے کی وجہ سے دماغ خراب ہو گیا ۔ کل ایک شخص کہتا تھا کہ یہ بیچارا شرنارتھی ہے ۔ چار پانچ سال سرکار کے وعدوں پر جیتا رہا اور اب اس حال کو جا پہنچا ہے ۔

میرا ساتھی بات ختم کرکے پھر اونگھنے لگا ہے ۔ اس نوجوان نے پھر ایک دلدوز چیخ بلند کی ہے اور زور زور سے کہہ رہا ہے کہ وہ بیکسی کا مزار ہے بے کسی کا ! میری نظریں پھر سامنے والے اشتہار پر جا پڑی ہیں : کشمیر دیکھئے ! نشاط باغ کی سیر کیجئے ۔" آہ کشمیر ! کشمیر کا نام پڑھتے ہی نہ جانے میری یہ حالت کیوں ہو جاتی ہے کہ بے اختیار فراق کا مصرع میرے نطق پر آجاتا ہے ۔ ع

اک تیز چھُری ہے کہ اترتی چلی جائے

دو سال ہوئے میں کشمیر گیا تھا۔ نشاط باغ بھی دیکھا۔ لیکن افسوس مجھے ایک عام کشمیری کی زندگی نشاط سے خالی نظر آئی۔ جیسے اسے ہمیشہ کے لئے نشاط باغ سے نکال دیا گیا ہو۔ جس طرح آدم و حوا کو باغ بہشت سے نکال دیا گیا تھا مگر انھوں نے تو گناہ کیا تھا۔ کشمیریوں نے کونسا گناہ کیا ہے! نشاط باغ کی تصویر دیکھتے ہوئے ذہن کے پردے پر ہزاروں بھوکے ننگے، غلیظ کشمیری اُبھر آتے ہیں جو ہاتھ پھیلا پھیلا کر پکار رہے ہیں "بخشیش۔ بخشیش۔ یا خدا میں ان سب کو کہاں سے بخشیش دوں۔ میں گھبرا کر اپنے کانوں میں انگلیاں ٹھونس لیتا ہوں۔

"جہلم میں کھڑے ہوئے ہاؤس بوٹ دیکھئے"

ضرور دیکھئے۔ لیکن ڈونگوں میں بیٹھی ہوئی غریب کشمیری عورتیں بھی دیکھئے نا۔ میں ایک بار شکارے میں سوار ہو کر ان کے قریب سے گذرا تھا اُف۔ چاند سی عورتیں اور غلیظ ترین فرغلوں میں ملبوس۔ ایسے نرغل جنھیں شاید صدیوں میں ایک بار دھویا جاتا ہے۔ وجہ؟ صابن خریدنے کے لئے پیسے نہیں۔ ان میں سے اکثر ڈونگوں کے تنگ و تاریک چوبی کمروں میں پیدا ہوتی ہیں۔ ڈونگوں میں پروان چڑھتی ہیں اور محنت مزدوری کرتے کرتے ڈونگوں میں ہی مرجاتی ہیں۔ سُنا ہے ان میں کچھ ایسی بھی ہوتی ہیں جن کی شادی نہیں ہوسکتی، کیونکہ والدین بوڑھے ہیں اگر شادی ہوگئی تو انھیں مزدوری کر کے کون کھلائے گا۔

شادی! اور مجھے اس ادھیڑ عمر کے رشتہ دار پر رہ رہ کر غصہ آرہا

ہے جس نے پچپن برس کی عمر میں ایک سترہ سالہ لڑکی سے دوسری شادی کی۔ اور جو فخر سے اپنے دوستوں سے کہتا پھرتا ہے۔ "وہ دوشیزہ نہیں صاحب دوشیزہ ہے۔ ایک دم دوشیزہ۔ مشکل سے سولہ سترہ برس کی ہوگی۔ لیکن صاحب مفت ہاتھ نہیں آئی۔ شادی کے سب اخراجات میں نے ادا کئے۔ اس کے علاوہ اس کے والدین کو نقد پانچ سو روپے بھی دیئے۔ بیچارے شرنارتھی ہیں۔ سودا لیکن مہنگا نہیں رہا۔"

فرش پر لیٹے ہوئے نوجوان نے پھر فلک شگاف نعرہ بلند کیا۔ "کوئی مجھ پہ آنسو بہائے کیوں" "ٹھیک کہتے ہو استاد" میں اس سے کہتا ہوں۔ ڈولی میں بیٹھی ہوئی حسین دوشیزہ نے بھی یہی کہا تھا۔

"تم ہی صرف بے کسی کے مزار نہیں ہو۔ اس ہندوستان میں ہزاروں ایسے مزار موجود ہیں۔

"بمبئی دیکھئے۔ میرین ڈرائیو کی سیر کیجئے"

ضرور سیر کریں گے۔ لیکن پہلے فٹ پاتھوں پر لیٹی ہوئی مخلوق کے نظارے سے تو فارغ ہولیں۔ میرین ڈرائیو کہیں بھاگی نہیں جاتی۔ ان لوگوں کا نظارہ کیوں نہ کریں جو مون سون کے موسم میں ساری ساری رات پڑے بھیگتے رہتے ہیں۔ اور پانی ہے کہ برسے ہی چلا جاتا ہے۔ اور بمبئی میں ہزاروں خدا کے گھر ہیں۔ گرجے۔ مندر۔ مسجدیں، جو رات کو خالی پڑے رہتے ہیں۔ لیکن جہاں خدا کے بندوں کو جانے کی اجازت نہیں۔ کیونکہ خدا بہت بڑا ہے۔ اسے سونے

کے لئے بہت جگہ چاہیئے۔

"راجستھان دیکھئے"

اس تصویر میں شادی کا منظر دکھایا گیا ہے۔ دولھا گھوڑے پر سوار ہے اس کے پیچھے کہار ڈولی اُٹھائے آرہے ہیں۔ باراتی رنگ برنگے لباسوں میں ملبوس پیچھے پیچھے چل رہے ہیں۔ کتنا دلفریب منظر ہے۔ لیکن اس سے دلفریب منظر تو میں بریلی میں دیکھ کر آرہا ہوں۔ جب دلہن رخصت ہوئی تھی تو ڈولی کے اوپر سے پیسے نچھاور کئے گئے تھے۔ بھوکوں کی ایک بہت بڑی فوج ان پیسوں کو حاصل کرنے کے لئے دیوانہ وار جھپٹی تھی۔ دو مزدور بچے آپس میں اس طرح ٹکرائے تھے کہ دونوں کے سر سے خون بہنے لگا تھا۔ اور ایک حاملہ مزدور عورت پیسے کو اُٹھاتے اٹھاتے گندے نالے میں جا گری تھی جسے بڑی مشکل سے نکالا گیا تھا۔ اور ایک بوڑھا فقیر پیسے کا تعاقب کرتے ہوئے بری طرح زمین پر گر پڑا تھا۔ اور باقی محتاج اس کے جسم کو روندتے ہوئے آگے کود گئے تھے۔ کتنا پُر لطف تھا یہ منظر۔ لیکن اس سے بھی خوب تر وہ منظر تھا جب بارات کھانا کھا رہی تھی اور ہزاروں بھوکے لوگ نظروں میں صدیوں کی بھوک لئے قناتوں کے ارد گرد منڈلا رہے تھے۔ اور منتظمین انہیں فحش گالیاں دے رہے تھے۔ "سالے۔ حرامزادے۔ بھک منگے۔ اوباش۔ نہ جانے گدھوں کی طرح اتنے کہاں سے آجاتے ہیں۔ کسی کو کھانا بھی نہیں کھانے دیتے۔ بھاگ جاؤ۔ نہیں تو وہ مار پڑے گی کہ یاد رکھو گے..... اچھا اچھا سن لیا۔ تم تین دن

سے بھوکے ہو۔ سب یہی کہتے ہیں سالے.... اچھا۔ اچھا۔ بابات کھانا کھالے..... بچا کھچا تم کو ضرور ملے گا۔ اور کیا چاہتی ہو؟ ـــــ ایک پوری؟ نہیں۔ نہیں۔ کوئی پوری نہیں ملے گی۔ سالی۔ پوریاں تمہارے ایسوں کے لئے ہیں۔ کھی کھی کھی۔ ذرا اپنا منہ تو دیکھو۔ کھا کھا کھا۔ پھر وہی ایک پوری! بھاگ جاؤ۔ تمہیں کچھ بھی نہیں ملے گا۔ ڈھیٹ کہیں کی!"

اور وہ عورت جو بھوک سے نڈھال ہو رہی تھی۔ جس کی گود میں دودھ پیتا بچہ تھا۔ آنکھوں میں بڑی حسرت لئے ہوئے ایک طرف چلی گئی۔

نوجوان پھر چلا رہا ہے۔ کہ میں بیکسی کا مزار ہوں۔

ارے بھئی ہو گے تم بے کسی کے مزار۔ سن لیا۔ ایک دفعہ، دو دفعہ، دس دفعہ۔ لیکن محض چلانے سے کیا ہوتا ہے۔ ہمت کر کے اٹھ کیوں نہیں بیٹھتے اور مزار کو گرا کر اپنے لئے ایک شیش محل کیوں نہیں بنا لیتے۔

"دہلی دیکھئے۔ لال قلعہ دیکھئے"

ضرور دیکھیں گے۔ لیکن اس تصویر میں آپ نے ان شرنارتھیوں کو کیوں نہیں دکھایا جو فصیل کے باہر اور فصیل کے اندر سبزی منڈی میں، دریا گنج میں، آنند پربت کے نیچے۔ زندگی اور موت کے درمیان لٹک رہے ہیں۔ شاید آپ نہیں چاہتے کہ لوگ انھیں دیکھنے کے لئے آئیں اور آپ شرم سے پانی پانی ہو جائیں۔ کیا فائدہ مفت میں خفت اٹھانے سے۔

پچھلے مہینے میں دہلی گیا تھا۔ اپنے ایک شرنارتھی رشتہ دار سے ملنے

چھ سال سے وہ ایک چھوٹی سی جھونپڑی میں کہ جو اس نے خود بنائی ہے رہ رہا ہے۔ یہ جھونپڑی کمیٹی کے حکم سے چار بار گرائی جا چکی ہے اور چار بار بنائی گئی ہے۔ ہر بار اسے یقین دلایا جاتا ہے کہ کل اسے ایک نیا مکان رہنے کے لئے دیدیا جائے گا۔ لیکن آج تک وہ کل نہیں آئی۔ شاید کبھی نہیں آئے گی۔ اور ایک دن جب اس کی ارتھی اُٹھ رہی ہوگی تو اسے شمشان میں یہ مژدہ سنایا جائے گا کہ سرکار نے تمہارے لئے ایک نیا مکان تعمیر کر لیا ہے اگر چاہو تو شمشان کی بجائے اس میں آرام کر سکتے ہو۔

گاڑی اب آیا چاہتی ہے۔ مسافر اُٹھ کھڑے ہوئے ہیں۔ اپنے اپنے ٹرنک اور پوٹلیاں سنبھال رہے ہیں۔ میں بھی پلیٹ فارم پر جانے کی تیاری کر رہا ہوں۔ اور ساتھ ساتھ سوچ رہا ہوں کہ یہ کیسا ملک ہے جہاں سترہ سال حسین دوشیزہ کی تمناؤں کو اس بیدردی سے مسلا جاتا ہے۔ جہاں سائیں بابا کو پرماتما کے نام پر پیسہ نہ دینے سے آدمی پاگل ہو جاتا ہے۔ جہاں بخشیش بخشیش کی صدائیں سن کر کان پک جاتے ہیں۔ جہاں ہر شخص بے کسی کا مزار ہے۔

ہندوستان دیکھئے! بہت دیکھ لیا صاحب اب اور کیا دیکھیں گے۔

جمود

جب متواتر آٹھ سال یہ سُنتے سُنتے دم ناک میں آگیا کہ ہندوستانی ادبار پر جمود بری طرح مسلّط ہوگیا ہے اور وہ ادب میں اضافہ کرنے سے قاصر ہیں تو یونہی ایک دن شوق چرایا کہ اس جمود کے اسباب دریافت کئے جائیں۔ حُسنِ اتفاق سے محلے میں ایسے لوگ رہائش پذیر تھے جنھیں مکان کا کرایہ ادا کرنے کی توفیق اکثر کم ہوتی تھی لیکن جنھیں اہلِ قلم کے خطاب سے نوازا جاتا ہے چنانچہ ہم نے جناب خشک راجستھانی کے دولت خانے کا رخ کیا۔ جناب خشک دودھ اور چینی کے بغیر ایک چائے کا پیالہ نوش فرمانے میں مصروف تھے۔ آداب بجالانے کے بعد عرض کیا۔" میں ایک خاص کام سے حاضر ہوا ہوں۔"

" فرمائیے۔" جناب خشک نے چائے کا آخری گھونٹ بھرتے ہوئے کہا۔

"اِک زمانہ تھا خشک صاحب کہ آپ کے کلام کی دھوم تھی اور آپکے

تکیہ کلام "عرض کیا ہے ؟" سے دوست دشمن پناہ مانگتے تھے۔ لیکن اب تو ایسا معلوم ہوتا ہے جیسے آپ کو سانپ سونگھ گیا ہے۔ کیا اس انقلاب پر آپ کچھ روشنی ڈالیں گے۔"

سوال ملاحظہ فرمانے کے بعد جناب خشک نے اپنے سینے پر زور سے ایک دو ہتھڑ مارا۔ پھر چھت کی طرف دیوانہ وار نظریں دوڑائیں اور چیخنے کے سے انداز میں بولے۔

"ظالم! یہ تم نے کس دور کی یاد دلائی۔ آہ! واقعی کیا زمانہ تھا وہ بھی۔ غزلیں ہیں کہ ساون کی گھٹاؤں کی طرح اُمڈی چلی آتی ہیں۔ قافیے ہیں کہ ہاتھ باندھے کھڑے ہیں۔ لیکن اب تو یہ حال ہے کہ بقولِ شاعر ع

مدت ہوئی ہماری منقار زیر پر ہے

مہینوں فکرِ سخن کرتا ہوں۔ لیکن ایک مصرعہ نہیں ہوتا۔"

"یہ تو آپ بجا فرما رہے ہیں۔ لیکن وجہ ؟"

"وجہ! ارے بھئی وہ جمود ہی کیا۔ جو یہ سوچنے کی مہلت یا اجازت دے کہ اس کے طاری ہونے کی وجہ کیا ہے۔"

"تو گویا آپ پر بیٹھے بٹھائے جمود نے حملہ کر دیا۔"

"جی ہاں۔ اور کچھ اس شدت سے کہ دماغ منجمد ہو کر رہ گیا۔ اب تو یوں محسوس ہوتا ہے جیسے ہم ختم ہو گئے۔"

"لیکن اس حیرت ناک بلکہ عبرتناک تبدیلی کی کچھ وجہ تو ہو گی۔ آپ کو کسی ماہرِ نفسیات سے مشورہ کرنا چاہیے تھا۔"

"کرچکا ہوں صاحب۔ کرچکا ہوں۔ ایک نہیں تین بار۔"

"تو کیا کہا اس نے؟"

"کہنے لگا تمھارے لاشعور میں گڑبڑ ہے۔"

"لاشعور میں گڑبڑ!"

"ہاں۔ معلوم ہوتا ہے کہ بچپن میں جب ہم نے پہلا شعر کہا تھا تو نرس نے بُری طرح ڈانٹ دیا تھا۔ ساتھ ہی تنبیہہ کی تھی کہ شریف نادے رومانی اشعار نہیں کہا کرتے۔"

"اگر یہ بات ہے تو آپ اتنے برس شاعری کس طرح کرتے رہے۔"

"ممکن ہے۔ لاشعور کو نرس کی ڈانٹ بعد میں یاد آئی ہو۔"

"آپ کے خیال میں آپ پر جمود کب تک طاری رہے گا۔"

"کچھ کہہ نہیں سکتے۔ معلوم تو یہی ہوتا ہے عمر بھر اس کمبخت سے نجات نہ ملے گی۔"

"عمر بھر؟"

"جی ہاں۔ میں تو کئی بار اس سے عرض کرچکا ہوں ؎

بہت دن رہے حضرتِ غم یہاں
کرم کرتے اب اور گھر دیکھیے

لیکن یہ ٹلنے کا نام نہیں لیتا۔"

"تو گویا آپ کا مرض لاعلاج ہے۔"

خشک صاحب سے اجازت لے کر ہم جناب اُجاڑ شکارپوری کی خدمت

میں حاضر ہوئے۔

"اُجاڑ صاحب۔ آپ بھی جمود کے مرض میں مبتلا ہو گئے" ہم نے افسوس ظاہر کرتے ہوئے کہا۔

"بات تو کچھ ایسی ہی ہے"

"لیکن معاملہ کیا ہے۔ ہمارا مطلب ہے۔ آپ تو بھلے چنگے ہوا کرتے تھے"

"آپ کا اشارہ شاید ماضی ابعید کی طرف ہے"

"بجا فرماتے ہیں آپ"

"در اصل میں واقعی بھلا چنگا ہوا کرتا تھا۔ لیکن اب دو سال سے کچھ۔۔"

"ہاں ہاں کچھ!"

"چکر میں ہوں"

"کونسے چکر میں؟"

"بات در اصل یہ ہے کہ جب میری طویل نظم "ابابیل سے عقاب تک" شائع ہوئی تو ایک نقاد نے کہا کہ میں اردو ادب کا ٹی ایس ایلیٹ ہوں دوسرے نے فتویٰ دیا۔ میں ڈبلیو ایچ آڈن ہوں۔ اب میں ہر وقت یہ سوچتا رہتا ہوں کہ میں ایلیٹ ہوں یا آڈن۔ آڈن ہوں یا ایلیٹ"

"آپ کو خواہ مخواہ پریشان ہونے کی ضرورت نہیں۔ ظاہر ہے کہ آپ اُجاڑ شکار پوری ہیں اس لئے اس چکر سے نکلئے اور کچھ لکھئے"

"وہ تو آپ ٹھیک کہتے ہیں لیکن اگر ایک آدمی صرف ایک طویل نظم لکھنے کے بعد ٹی۔ ایس۔ ایلیٹ یا ڈبلیو۔ ایچ۔ آڈن بن جائے تو پھر اسے

زیادہ لکھنے کی کیا ضرورت ہے؟"

"تو گویا آپ کے جمود کی ذمہ داری نقاد حضرات پر عائد ہوتی ہے؟"

"درست فرماتے ہیں آپ؟"

اب ہم نے مشہور افسانہ نویس جناب بنجر صحرائی کا دروازہ کھٹکھٹایا۔ بنجر صاحب کے ملازم سے معلوم ہوا کہ موصوف عرصے سے مراقبے میں ہیں۔ پڑھنا لکھنا ترک کر رکھا ہے۔ ہر وقت غالب کا مصرع دہراتے رہتے ہیں۔ ع۔ عزیزو اب اللہ ہی اللہ ہے۔ بڑی مشکل سے انھیں مراقبے میں سے باہر آنے پر مجبور کیا۔ اور اس سے پیشتر کہ وہ پھر مراقبے میں چلے جاتے، سوال داغ دیا۔

"بنجر صاحب۔ یہ آپ کو کیا ہو گیا ہے۔ افسانہ نویسی سے توبہ کیوں کر لی؟"

"بنجر صاحب نے سرد آہ بھرتے ہوئے جواب دیا۔" یہ سب میرے اعصاب کا قصور ہے؟"

"اعصاب کا؟ خدانخواستہ آپ کسی اعصابی مرض میں تو مبتلا نہیں ہو گئے ہیں؟"

"نہیں یہ بات نہیں۔ دراصل میں تب تک افسانہ نہیں لکھ سکتا جب تک میرے اعصاب پر کوئی نہ کوئی چیز سوار نہ ہو جائے۔ شروع میں بقول اقبال عورت سوار تھی۔ چنانچہ میں نے عورت کی زلف سے لیکر ٹخنے تک ہر موضوع پر افسانے لکھ ڈالے۔ جب عورت نیچے اتری تو فرائیڈ سوار ہو گیا۔ اب میں نے شعور اور لاشعور کی بھول بھلیاں پر جو لکھنا شروع کیا تو دوسروں کی بات

تو الگ رہی۔ خود میری سمجھ میں کچھ نہ آیا کہ لکھ کیا رہا ہوں۔ فرائیڈ صاحب رخصت ہوئے تو کارل مارکس لپک کر سوار ہو گئے۔ اب دن رات بھونچال ہڑتال، سرخ سویرا، سرخ دوپہر، سرخ تارا ایسے موضوعات پر لکھنے لگا۔ کچھ عرصہ کے بعد جب کارل مارکس تشریف لے گئے تو اعصاب کی کرسی خالی ہو گئی۔ اب میں انتظار کر رہا ہوں کہ کوئی شخص آئے، اس کرسی پر بیٹھے اور میں لکھنا شروع کروں۔"

"کب تک انتظار کیجیے گا۔ ہمت سے کام لیکر کسی موضوع پر لکھ کیوں نہیں ڈالتے"

"اجی حضرت یہی تو مصیبت ہے۔ موضوعات ہی ختم ہو گئے۔ لکھوں کس پر؟"

"آخر موضوعات کس طرح ختم ہو سکتے ہیں؟"

"آپ نے شاید گھوڑی کے ختم ہو جانے والا قصہ نہیں سُنا۔"

"وہ کیا ہے۔ سنا دیجیے"۔

"کوئی مسخرا پہلی بار گھوڑی پر سوار ہوا اور تھوڑی دیر میں زمین پر آ رہا۔ احباب نے پوچھا۔ بات کیا ہوئی۔ کہنے لگا۔ یہ سب گھوڑی کا قصور ہے۔ پہلی بار جب وہ اچھلی تو میں اس کی گردن پر آ گرا۔ دوسری بار اچھلی تو میں اس کے کانوں پر بیٹھا ہوا نظر آیا۔ تیسری بار اچھلی تو میں زمین پر تھا۔ جب گھوڑی ہی ختم ہو گئی تو اس پر بیٹھے رہنے کا سوال ہی پیدا نہیں ہوتا تھا۔"

"بہت خوب۔ آپ کا طرزِ استدلال لاجواب ہے۔"

بنجر صاحب سے رخصت ہو کر ہم فضول بٹالوی کے ہاں پہنچے۔

"فضول بٹالوی صاحب"۔ ہم نے بڑے ادب سے کہا۔ "جمود کے بارے میں آپ کا کیا خیال ہے؟"

"جمود!" فضول بٹالوی نے چلا کر کہا۔ "کہاں ہے جمود۔ کدھر ہے جمود۔کیا جمود" بڑی انکساری سے عرض کیا۔ غالباً آپ کو معلوم ہوگا کہ ادبار پر جمود طاری ہوگیا ہے۔

"کون سے ادبار پر؟"

"یہی... اپنے ہندوستانی ادبار پر"

"آپ سے کس نے کہا۔"

"ابھی کہنا کس نے تھا۔ یہ بات تو ہر شخص جانتا ہے۔"

"بالکل غلط۔ یہ جمود ہرگز نہیں ہے۔"

"کیسے؟"

"دیکھئے خاکسار نے صرف پچھلے پانچ مہینوں میں پانچ ناول۔ پچیس افسانے اور پچاس مضامین لکھے۔ ان تخلیقات کی موجودگی میں آپ کیسے کہہ سکتے ہیں کہ ادبار پر جمود طاری ہے؟

"آپ نے یہ سب کچھ کیسے لکھ لیا؟"

"یہ میرا تجارتی راز ہے۔ یہ میں آپ کو کیسے بتا سکتا ہوں؟

"پھر بھی باقی ادبار کی رہنمائی کے لئے اگر ایک آدھ اشارہ...."

"مختصراً یہ سمجھ لیجئے کہ یہ چل میرے خلمے بسم اللہ کی برکت ہے۔ مثلاً میں نے ایک ناول لکھا "پیاری دلہن"۔ کوئی دوسرا ادیب ہوتا تو اسے لکھنے کے بعد صبر یا آرام کرتا لیکن میں نے فوراً دوسرا ناول شروع کردیا۔ "ملاری دلہن" اور پھر "ہماری دلہن"۔ "تمھاری دلہن"۔ حتے کہ "کنواری دلہن"۔ جب یہ سلسلہ بفضل خدا ختم ہوا تو میں نے ایک اور سلسلہ شروع کردیا۔ "رات کی رانی"۔ "برسات کی رانی"۔ "جذبات کی رانی" اور

"واردات کی رانی"۔ علیٰ ہٰذالقیاس"۔

"تو آپ کے خیال میں جمود نام کی کوئی چیز نہیں"؟

"جمود کہاں ہے قبلہ۔ یہ تو دماغی خشکی ہے حکما نے اس کا علاج بادام روغن بتایا ہے"۔

"گویا جن ادبا کو جمود کی شکایت ہے انھیں بادام روغن کی اشد ضرورت ہے"۔

"بادام روغن کے علاوہ ایک اور چیز کی بھی ضرورت ہے اور وہ ہے....."

"ہاں وہ کیا ہے"؟

"وہ ہے گوند"۔

"گوند۔ کیا مطلب"؟

"دیکھیے۔ جب تک ادیب اپنی کرسی پر گوند لگا کر اس پر نہ بیٹھے۔ وہ جم کر بیٹھ نہیں سکتا۔ اور جم کر نہ بیٹھے تو لکھ نہیں سکتا"۔

"سبحان اللہ۔ کیا لاجواب نسخہ ہے۔ بادام روغن اور گوند"۔

"جی ہاں۔ ادبا سے کہیے کہ گوند اور بادام روغن کا باقاعدہ استعمال کریں اگر جمود کا بھوت دم دبا کر نہ بھاگ جائے تو فضول ٹبالوی نام نہیں"۔

فضول ٹبالوی سے رخصت ہو کر ہم جب گھر لوٹے تو خدا کا شکر بجا لائے کہ گو جمود کے اسباب دریافت نہیں کر سکے۔ کم از کم اس کے علاج کا تو پتہ چل گیا۔ اب یہ دوسری بات ہے کہ جناب فضول ٹبالوی کے نسخے پر عمل کرنے سے اعلیٰ ادب کی تخلیق ہو بھی سکتی ہے یا نہیں۔ بہر حال نہ لکھنے سے کچھ لکھنا بہتر ہے "بالِ جبریل"، اور "چوگانِ ہستی" نہ سہی، "کنواری دلہن" اور "برسات کی رانی" ہی سہی!

ہدیۂ عقیدت

بات معمولی ہے لیکن اب اس کا کیا کیا جائے کہ کبھی کبھی معمولی بات پر بھی گھر میں جھگڑا ہو جاتا ہے۔ آج صبح ایک نو وارد مجھے ایک تربوز پیش کرنے آیا تھا۔ میں نے شکریہ کے ساتھ اسے قبول کرنے سے انکار کر دیا۔ اب اسی بات پر ایک گھنٹہ سے اہلیہ محترمہ سے بحث چل رہی ہے۔ محترمہ کا خیال ہے کہ میں نے یہ تحفہ واپس کرکے اپنے ایک مداح کی دل شکنی کی ہے۔ لاکھ سمجھانے کی کوشش کرتا ہوں کہ ایسے تحفے بہت مہنگے پڑتے ہیں لیکن محترمہ ہیں کہ مانتی ہی نہیں۔ اب انھیں کون بتائے کہ دودھ کا جلا چھاچھ کو پھونک پھونک کر پیتا ہے.... زیادہ عرصہ نہیں گذرا یہی کوئی ایک سال کی بات ہے کہ اسی طرح ایک نوجوان تشریف لائے۔ میں اس وقت ایک ناول پڑھ رہا تھا۔

"کیا میں اندر آسکتا ہوں؟" انھوں نے اندر داخل ہونے کے بعد پوچھا۔

"تشریف لے آئیے"۔ میں نے آہستہ سے کہا۔

"وہ تو میں لے ہی آیا ہوں"۔ انھوں نے کرسی پر بیٹھتے ہوئے فرمایا۔

"معاف کیجئے گا۔ آپ مجھے نہیں جانتے۔ جان بھی کیسے سکتے ہیں جبکہ یہ ہماری پہلی ملاقات ہے۔ خاکسار کو شمس نظامی کہتے ہیں اور بندہ آپ کا غائبانہ مداح ہے۔ بہت دنوں سے سوچ رہا تھا کہ آپ کا شرف نیاز حاصل کیا جائے لیکن کبھی فرصت ہی نہیں ملی۔ خاکسار نے آپ کی لکھی ہوئی تمام کتابیں پڑھی ہیں اور بندے کی رائے ہے کہ ٹیگور اور پریم چند کے بعد آپ ہندوستان کے سب سے بڑے ادیب، شاعر اور افسانہ نویس ہیں"۔

"آپ کی ذرہ نوازی ہے ورنہ میں کیا ہوں"۔ میں نے کسر نفسی سے کام لیتے ہوئے کہا۔ کہئے کیسے تشریف لائے۔

"بس یونہی آپ سے ملاقات کرنے اور آپ جانتے ہیں کہ ع

تقریب کچھ تو بہر ملاقات چاہئے

اس لئے آپ کی خدمت میں ایک ناچیز ہدیۂ عقیدت پیش کرنا چاہتا ہوں"۔ یہ کہہ کر انھوں نے اپنے تھیلے سے ایک بہت مدنی" سردہ" نکالا اور کہا" یہ کابل کا سردہ ہے۔ خاص آپ کے لئے کابل سے منگوایا ہے۔ میں چاہتا ہوں کہ یہ سالم کا سالم آپ خود کھائیں بخدا مجھے بہت خوشی ہوگی۔ میں محسوس کروں گا جیسے یہ سردہ آپ نہیں کھا رہے میں کھا رہا ہوں"۔

"آپ نے خواہ مخواہ تکلف کیا۔ اس کی کیا ضرورت تھی"۔

"نہیں نہیں۔ بالکل نہیں۔ سردہ ہی ہے۔ امرود تو نہیں" نظام شمسی صاحب میں نے ہنستے ہوئے کہا۔" یہ امرود کی بات بھی خوب ہوئی۔ کہاں سردہ! اور کہاں امرود۔"

"جی معاف کیجئے۔ میرا نام نظام شمسی نہیں۔ شمس نظامی ہے۔ میں ہمیشہ بڑی چیز کا مقابلہ چھوٹی چیز سے کرتا ہوں۔ یہ میری عادت ہے۔ ابھی کل میرے ایک دوست کہنے لگے کہ انھیں ٹائیفائڈ ہوگیا ہے۔ میں نے برجستہ کہا۔ میاں گھبراتے کیوں ہو۔ ٹائیفائڈ ہی ہے۔ زکام تو نہیں۔ ہی ہی ہی۔ کہئے کیسی رہی آپ تو ادیب ہیں۔ داد دیجئے نا اس مزاحیہ فقرے کی۔"

"کیا بات ہے واللہ۔ آپ نے نہایت اچھوتی بات کہی۔"

"آداب عرض!"

"اچھا تو نظام شمسی۔ اوہ معاف کیجئے۔ شمس نظامی صاحب۔ آپ شغل کیا فرماتے ہیں؟"

کوئی خاص شغل نہیں۔ میرا مطلب ہے مستقل شغل نہیں۔ طرح طرح کے پاپڑ بیلتا رہتا ہوں۔ کسی زمانے میں معلم تھا۔ پھر چھوٹا سا ہوٹل کھول لیا۔ ہوٹل نہ چلا تو چمڑے کا بیوپار شروع کر دیا۔ اس میں خاص فائدہ نہ ہوا۔ آج کل تو ایک لانڈری کھول رکھی ہے اسے بھی جلد بند کرنے کا ارادہ ہے۔ پھر کبھی مفصل عرض کردوں گا۔ اب اجازت دیجئے۔ آداب عرض۔"

وہ تشریف لے گئے اور میں سوچنے لگا۔ عجیب قماش کے انسان سے پالا پڑا ہے۔ یا تو بہت سادہ لوح واقع ہوا ہے یا بہت چالاک۔ ممکن ہے اسے

ادب سے شغف ہو۔ یہ بھی ہو سکتا ہے کہ بیچارے کے دماغ کی ایک آدھ چول ڈھیلی ہو۔ بہر حال ابھی کچھ کہا نہیں جا سکتا۔ اہلیہ محترمہ سے جب سرڈے کا ذکر کیا تو ان کی باچھیں کھل گئیں۔ کہنے لگیں: "شکر ہے۔ اتنی مدت کے بعد آپ کو ایک کام کا مداح ملا۔ ورنہ بیشتر تو ایسے ملے کہ گھر کو ہوٹل سمجھ کر تین تین دن ضیافتیں اڑائیں اور رخصت ہوتے وقت کرایہ ریل بھی آپ ہی سے طلب کیا ہے۔"

"نہیں نہیں۔ آپ مبالغہ سے کام لے رہی ہیں۔ میرے مداح ایسے نہیں ہیں۔ یاد ہے وہ راجیش۔"

"ہاں ہاں یاد ہے۔" محترمہ نے چمک کر فرمایا۔ "وہی جو کہتا تھا کہ آپ کو فلم کمپنی میں ملازمت دلوا دوں گا۔"

میں اپنی رسٹ واچ کے بارے میں سوچ کر خاموش ہو گیا۔ جو وہ مجھ سے مانگ لے گئے تھے۔

دو ایک دن کے بعد شمس نظامی صاحب پھر تشریف لائے اور کمرے میں داخل ہوتے ہی کہنے لگے۔ "اخاہ۔ خوب ملے۔ جلدی سے تیار ہو جایئے فرسٹ شو شروع ہونیوالا ہے۔"

میں نے پوچھا۔ "قبلہ بات کیا ہے؟"

ایک بلند قہقہہ لگا کر فرمایا۔ "بات بالکل صاف ہے۔ میرے پاس سنیما کے دو پاس ہیں۔ فرسٹ کلاس کے۔ وہ کرشنا ٹاکیز کے منیجر ہیں نا لالہ شمبھو دیال آپ شاید انھیں نہیں جانتے۔ آدمی شریف ہیں۔ کپڑے میری ہی لانڈری

سے دھلواتے ہیں۔ میں ایک آدھ کپڑا مفت دھلوا دیتا ہوں۔ اور وہ کبھی کبھار سینما کے پاس بھیج دیتے ہیں۔ خیر اب جلدی کیجئے۔ کہیں فلم شروع ہی نہ ہو جائے۔"

میں کپڑے پہن کر تیار ہو گیا اور وہ مجھے کشاں کشاں کرشنا ٹاکیز لے گئے۔ کوئی سٹنٹ (STUNT) فلم تھی۔ مار دھاڑ۔ جوتم پیزار۔ اچھل کود سے بھرپور۔ مجھے خاک لطف نہ آیا لیکن شمس صاحب ہر سین پر کرسی سے اچھل اچھل کر داد دیتے رہے۔ فلم دیکھنے کی بجائے میں شمس صاحب کی حرکتوں سے محظوظ ہوتا رہا۔ فلم ختم ہونے کے بعد شمس صاحب نے کہا۔

"آپ کو جب بھی سینما جانا ہو۔ مجھے کہلوا بھیجئے گا۔ میں فری پاس کا انتظام کر دوں گا۔"

شمس صاحب کا شکریہ ادا کر کے جب میں گھر لوٹا تو ایک بار پھر سوچنے لگا کہ شمس صاحب بڑے عجیب آدمی ہیں۔ اب دیکھئے نا بیٹھے بٹھائے کیا سوجھی کہ مجھے سٹنٹ فلم دکھانے لے گئے۔ اہلیہ سے جب اس واقعہ کا ذکر کیا تو انھوں نے کہا۔ "بھلے آدمی معلوم ہوتے ہیں۔ معلوم ہوتا ہے آپ سے بے پناہ عقیدت ہے ورنہ آج کل کون کسی کو پوچھتا ہے۔"

کوئی دو ہفتے کے بعد شمس صاحب ایک دن یک لخت وارد ہوئے اور آتے ہی کہنے لگے: "ایک ضروری کام سے آیا ہوں۔ اگر آپ تھوڑی سی مدد کریں تو کام بن سکتا ہے۔"

"فرمائیے۔" میں نے کہا۔

"میرا ایک بہنوئی دو سال سے بیکار ہے۔ وہ میرے ہاں ہی ٹھہرا ہوا ہے۔ ایف اے فیل ہے۔ تھوڑا بہت ٹائپ کرنا بھی جانتا ہے۔ ڈپٹی کمشنر کے دفتر میں ایک ٹائپسٹ کی آسامی خالی ہوئی ہے۔ اگر آپ ڈپٹی کمشنر صاحب سے کہہ دیں...."

"لیکن شمس صاحب میری تو ڈپٹی کمشنر صاحب سے کوئی واقفیت ہی نہیں ورنہ...."

"ابھی رہنے دیجئے"۔ انھوں نے میری بات کاٹ کر کہا۔ "بھلا آپ کو کون نہیں جانتا۔ اتنے بڑے ادیب، اتنے مشہور شاعر۔ اور پھر وہ ڈپٹی کمشنر ہے کوئی تحصیلدار تو نہیں۔ آپ ایک بار کہیں تو سہی"۔

بہتیرا انھیں سمجھایا کہ میں نے آج تک کسی کی سفارش نہیں کی اور اگر کبھی کی ہے تو کام نہیں بنا۔ لیکن وہ کچھ اس طرح مصر ہوئے کہ محض ٹالنے کی خاطر میں نے کہا۔ "اچھا ان سے کہہ دوں گا"۔

دس پندرہ دن کے بعد شمس صاحب سے سرِ راہ ملاقات ہوئی۔ بہت خوش نظر آتے تھے۔ کہنے لگے: "دیکھا میں نہ کہتا تھا کہ آپ کے کہنے سے کام بن جائے گا۔ صاحب نے میرے بہنوئی کو ملازم رکھ لیا۔ حالانکہ ڈیڑھ سو امیدوار تھے.... بہت بہت شکریہ"۔

حالانکہ میں نے ڈپٹی کمشنر سے ذکر تک نہیں کیا تھا۔ لیکن یہ سوچتے ہوئے کہ شمس صاحب مفت میں میرا احسان مان رہے ہیں۔ میں نے بھی رسمی طور پر کہہ دیا۔ "نہیں شمس صاحب۔ شکریہ کی کیا بات ہے۔ وہ تو میرا فرض تھا"۔

"دوبارہ شکریہ" شمس صاحب نے کہا۔ "ہاں اگر کوئی گرم کپڑا دھلوانا ہو تو لانڈری میں بھجوا دیجئے گا۔

اس کے بعد شمس صاحب کافی عرصے تک نہ ملے۔ ایک اتوار کو جب میں حجامت بنا رہا تھا، وہ چپکے سے کمرے میں داخل ہوئے اور کہنے لگے "قبلہ غضب ہوگیا۔

میں نے گھبرا کر پوچھا۔" معاملہ کیا ہے؟"

"بس کچھ نہ پوچھیے۔"

"پھر بھی؟"

"وہ جو میرے بہنوئی تھے۔ یاد ہے نا۔ جنھیں آپ نے ملازمت دلوائی تھی۔ ان سے ایک بڑی عجیب حرکت سرزد ہوگئی۔

"کیا مطلب؟"

"انھوں نے دفتر سے ایک ٹائپ مشین چرالی۔ گرفتار کرلیے گئے۔ اب حوالات میں ہیں۔ عجیب مصیبت میں پھنس گیا ہوں۔ اگر آپ کچھ کرم فرمائی کریں..."

"لیکن شمس صاحب میں اس معاملے میں کیا کرسکتا ہوں؟"

"آپ سب کچھ کرسکتے ہیں۔ ذرا تھانیدار صاحب سے کہہ دیجئے کہ معاملہ رفع دفع کردیں۔"

"لیکن میں تھانیدار صاحب کو بالکل نہیں جانتا۔"

"کوئی بات نہیں وہ آپ کو ضرور جانتے ہوں گے بھلا یہ کیسے ممکن ہوسکتا ہے کہ آپ جیسے عظیم شاعر اور مشہور ادیب کو نہ جانتے ہوں۔

"اچھا جلدی کیجیے۔ اُٹھیے وقت بہت تھوڑا ہے۔"

"لیکن قبل میں یہ کہتا ہوں۔ میری ان سے بالکل رسم و راہ نہیں۔"

"کوئی بات نہیں۔ میں آپ کا تعارف کرا دوں گا۔ ۔ ۔ ۔ ۔"

"ہاں ذرا وہ "ماہ تاباں" کا پرچہ ساتھ لیتے چلیے۔ وہی جس میں آپ کی وہ غزل چھپی ہے۔"

میرے انکار کرنے کے باوجود شمس صاحب مجھے تھانیدار صاحب کے پاس لے گئے اور میرا تعارف کراتے ہوئے کہنے لگے۔ "جناب شجر دہلوی سے ملیے۔ آپ اس دور کے سب سے بڑے شاعر ادیب اور ناولسٹ ہیں۔ آپ نے ان کا نام ضرور سنا ہوگا۔

تھانیدار صاحب نے نہایت بے اعتنائی کے ساتھ کہا۔ "میں نے تو نہیں سنا۔"

"نام نہیں سنا تو آپ نے ان کا کلام ضرور سنا ہوگا۔ مشاعروں میں تو آپ ضرور جاتے ہوں گے۔"

"جی نہیں۔ مجھے اپنے کام سے فرصت ہی کب ملتی ہے کہ مشاعروں میں وقت ضائع کروں۔"

"تو آپ رسائل تو ضرور پڑھتے ہوں گے۔ "ماہ تاباں" میں اکثر ان کی غزلیں شائع ہوتی ہیں۔"

"میں "ماہ تاباں" نہیں پڑھتا۔"

"خیر کوئی بات نہیں۔" شمس صاحب نے مایوس نہ ہوتے ہوئے کہا۔

"بہرحال اس سے شجر صاحب کی عظمت میں کوئی فرق نہیں پڑتا۔ آپ مانے ہوئے ادیب ہیں۔"

"پھر" تھانیدار صاحب نے اسی بے رخی سے کہا۔

"یہ آپ سے کچھ کہنا چاہتے ہیں۔"

"کیا کہنا چاہتے ہیں؟"

"اکیلے میں آپ سے کچھ عرض کریں گے۔"

"اچھا تو آپ باہر تشریف لے جائیں۔"

شمس صاحب باہر چلے گئے۔ میں نے تھانیدار صاحب کے پرجلال چہرے سے مرعوب ہو کر ٹوٹے پھوٹے الفاظ میں شمس صاحب کے بہنوئی کے متعلق کچھ کہا۔ تھانیدار صاحب بہت ناراض ہوئے اور فرمانے لگے کہ پڑھے لکھے آدمیوں کو مجرموں کی سفارش نہیں کرنی چاہیئے۔ بات ٹھیک تھی۔ میں ان سے معذرت کر کے باہر آ گیا۔ شمس صاحب نے گھبرائی ہوئی آواز میں پوچھا۔ "کچھ بنا؟"

میں نے انھیں مبہم الفاظ میں تسلی دیتے ہوئے کہا۔ "کچھ نہ کچھ ہو ہی جائے گا۔"

ایک مہینے کے بعد کچھ نہ کچھ یہ ہوا کہ ان کے بہنوئی کو ایک سال قید با مشقت ہو گئی۔

اس کے بعد شمس صاحب کا آنا جانا کچھ کم ہو گیا۔

میں نے اطمینان کا سانس لیا کہ اب وہ مجھے کبھی سفارش کرنے کے

لئے نہیں لے جائیں گے۔

ایک دن صبح کا اخبار پڑھ رہا تھا کہ اچانک نظر ایک سرخی پر پڑی۔ لکھا تھا "شمس لانڈری پر چھاپہ" خبر پڑھنے پر پتہ چلا کہ پولیس نے کل رات شمس لانڈری پر چھاپہ مارا۔ اور چوری کا مال برآمد کیا اور شمس صاحب کے نوکر کو گرفتار کر لیا گیا۔ شمس صاحب روپوش ہیں۔ یہ خبر پڑھ کر حیرانی ہوئی۔ دل نے کہا۔ شمس صاحب آدمی تو ایسے معلوم نہیں ہوتے۔ خدا جانے یہ کیا بات ہے۔ اہلیہ سے ذکر کیا تو انھوں نے بھی یہی کہا کہ پولیس کو ضرور کوئی غلط فہمی ہوئی ہے۔

اس واقعہ کے دو تین دن بعد شمس صاحب شام کے وقت میرے گھر آئے۔ نہایت گھبرائے ہوئے معلوم ہوتے تھے۔ چہرے پر ہوائیاں اڑ رہی تھیں لڑکھڑاتی ہوئی آواز میں مجھے مخاطب کرتے ہوئے۔ کہنے لگے۔ "قبلہ شجر صاحب سخت وقت آن پڑا ہے۔ مدد کیجئے۔"

"لیکن یہ سلسلہ کیا ہے۔" میں نے پوچھا۔

"بات تو کچھ بھی نہیں۔" انھوں نے رازدارانہ لہجے میں کہا۔ "میرا ایک دوست غلطی سے کسی کی سائیکل اٹھا لایا اور اسے میری لانڈری میں رکھ گیا کسی نے پولیس کو خبر کر دی اور مفت میں میں پھنس گیا۔

"مگر وہ آپ کا دوست کہاں ہے؟"

"لاپتہ ہے۔"

"تو پھر؟"

"شک مجھ پر کیا جارہا ہے۔ میں دو تین دن ادھر ادھر ہوگیا تھا لیکن پھر سوچا کہ بکرے کی ماں کب تک خیر منائے گی۔ سو چا کیوں نہ خود ہی اپنے آپ کو پیش کر دوں۔"

"تو کر دیجئے۔ ہرج ہی کیا ہے۔"

"لیکن ایک ضمانتی کی ضرورت ہے۔"

"کسی دوست سے کہہ دیجئے کہ آپ کی ضمانت۔ ۔ ۔ ۔"

"یہی تو مصیبت ہے۔ کوئی دوست ضمانت دینے کو تیار نہیں۔"

"عجیب بات ہے۔"

"دو ایک لمحے شمس صاحب چپ رہے۔ پھر یک لخت میری طرف دیکھتے ہوئے کہنے لگے۔" آپ میری ضمانت کیوں نہیں دیدیتے۔ صرف ایک ہزار کی ہی تو بات ہے، اور پھر میں ایسا آدمی تو ہوں نہیں کہ آپ کو کسی قسم کا خدشہ ہو"

"وہ تو ٹھیک ہے۔ لیکن میں اس جھگڑے میں پڑنا نہیں چاہتا۔"

"دیکھئے۔" انھوں نے گڑ گڑا کر کہا۔" اتنے سنگدل نہ بنئے۔ میری عزت کا معاملہ ہے اور پھر۔ ۔ ۔ ۔ اور پھر آپ پر تو میرا خاص حق بھی ہے۔"

شمس صاحب سے کوئی آدھ گھنٹہ بحث کرتا رہا کہ مجھے معذور سمجھیں لیکن وہ کسی طرح بھی مجھے بخشنے پر رضامند نہ ہوئے۔ آخر یہ سمجھتے ہوئے کہ صرف ایک ہزار کی ضمانت ہے۔ میں رضامند ہوگیا۔

ضمانت دیدی گئی۔ اور شمس صاحب کو پندرہ تاریخ کو عدالت میں حاضر ہونے کا حکم دیا گیا۔ پندرہ تاریخ ابھی دور تھی۔ اس اثنا میں شمس صاحب دو تین بار

میرا شکریہ ادا کرنے آئے۔ ایک دن باتوں باتوں میں انھوں نے بتایا کہ لانڈری کا کام کچھ منافع بخش ثابت نہیں ہوا۔ اس لئے انھوں نے لانڈری فروخت کر دی ہے اب بیکری کھولنے کا خیال ہے۔ پندرہ تاریخ کی صبح کو میں شمس صاحب کے گھر گیا انھیں یاد دلانے کے لئے کہ آج عدالت میں ان کی پیشی ہے۔ وہاں جا کر معلوم ہوا کہ کل رات شمس صاحب شہر چھوڑ کر چلے گئے۔ ان کے دوستوں اور واقف کاروں سے پوچھا کہ وہ کہاں گئے کوئی پتہ نہ چلا۔ نتیجہ یہ ہوا کہ بیٹھے بٹھائے ایک ہزار کی چپت لگ گئی۔ قصور اپنا ہی تھا۔ اس لئے مصلحتاً اہلیہ محترمہ سے اس کا ذکر نہ کیا۔

وہ دن اور آج کا دن۔ میں ایسے مداحوں سے بہت گھبراتا ہوں جو تحفے تحائف لے کر مجھ سے ملنے آتے ہیں۔ یقیناً آپ اب سمجھ گئے ہوں گے کہ میں نے اپنے نئے مداح کا تربوز کس لئے واپس کر دیا۔ خیر آپ تو سمجھ دار ہیں لیکن مصیبت یہ ہے کہ اہلیہ محترمہ کو کون سمجھائے؟

مسٹر ڈالر

مسٹر ڈالر سے میری ملاقات ایک بین الاقوامی میلے میں ہوئی۔ اس میلے میں دنیا کے تمام بڑے بڑے ملکوں کے مداریوں، شعبدہ بازوں اور جادوگروں نے شرکت کی۔ اور اپنے اپنے کمالات دکھائے۔

سب سے پہلے ہندوستانی مداری سٹیج پر آیا۔ گاندھی ٹوپی پہنے۔ سفید کھدر میں ملبوس۔ اس نے اپنی جواہر جیکٹ کی جیب سے ایک کوئلہ نکالا اور حاضرین کو دکھلاتے ہوئے کہا۔ "حضرات! آپ اچھی طرح تسلیم کر سکتے ہیں کہ یہ کوئلہ ہی ہے چاکولیٹ نہیں۔ اس نے کوئلہ دائیں ہاتھ کی ہتھیلی پر رکھا۔ مٹھی بند کی، اور تین دفعہ یہ منتر پڑھا۔

چل کالی کلکتے والی کر دے سب کو اندھا

جب اس نے مٹھی کھولی تو لوگوں نے دیکھا کہ اس کی ہتھیلی پر کوئلے کے

بجائے ایک چمکتا دمکتا ہیرا رکھا ہوا ہے۔ کسی نے اسے "کوہ نور" سمجھا، کسی نے "کوہ طور"۔ شائقین نے اسے خریدنے کے لئے بڑی بے تابی کا اظہار کیا۔ ایک سے ایک بڑھ کر بولی دی گئی۔ لیکن ہندوستانی مداری نے مسکراتے ہوئے اسے اپنی جیب میں ڈال لیا اور کہا:۔

"حضرات! معاف کیجئے۔ یہ اصلی نہیں نقلی ہے۔" ہندوستانی مداری تو رخصت ہوا۔ اب ایک پاکستانی جادوگر اکھاڑے میں اترا۔ اس نے اپنی پاٹ دار آواز میں نعرۂ تکبیر بلند کیا کہ سامعین ایک دفعہ تو دہل گئے۔ "حضرات میں آپ کو مشہور ہ رسی کا کھیل ° دکھاؤں گا۔" یہ کہتے ہوئے اس نے پٹ سن کی بنی ہوئی ایک رسی ہوا میں پھینکی جو معلق ہو گئی۔ اس نے ایک بار پھر اللہ اکبر کا نعرہ بلند کیا اور رسی پر چڑھنے لگا۔ وہ رسی پر چڑھتا گیا چڑھتا گیا۔ یہاں تک کہ سب کی نظروں سے اوجھل ہو گیا۔ حاضرین انتظار کرنے لگے کہ وہ کب نیچے اترتا ہے لیکن جب پندرہ بیس منٹ تک وہ نیچے اترتا نظر نہ آیا تو اسٹیج سے اعلان کیا گیا کہ وہ پاکستان پہنچ گیا۔ اس لئے اب ایرانی شعبدہ باز اپنا کرتب دکھائے گا۔ ایرانی بابا ایک عجیب انداز سے سٹیج پر نمودار ہوا اس کے ہاتھوں میں ایک بہت بڑا مٹکا تھا جسے اس نے اوندھا کر کے دکھایا کہ وہ خالی ہے پھر مٹکے کو سیدھا کر کے اس نے سٹیج پر رکھ دیا اور نہایت پراسرار آواز میں عمر خیام کی پہلی رباعی پڑھی:۔

اٹھ جاگ کہ شب کے ساغر میں سورج نے وہ پتھر مارا ہے
جس سے تھی وہ سب بہہ نکلی جو جام تھا پارا پارا ہے
مشرق کا شکاری اٹھا ہے، کرنوں کی کمندیں پھینکی ہیں
اک ہاتھ میں قصر اسکندر، اک ہاتھ میں قصر دارا ہے

اس کے بعد اس نے سات دفعہ "ابا دان"۔ "آبادان"۔ کا وظیفہ پڑھا۔ حاضرین کے دیکھتے دیکھتے وہ خالی مٹکا تیل سے لبالب بھر گیا۔ تھوڑا سا تیل چھلک کر اسٹیج پر بھی بہنے لگا۔ حاضرین نے خوش ہو کر تالیاں پیٹتے ہوئے کہا۔"تیل! ایران کا بیش بہا تیل"۔ کئی لوگ مٹکے کی جانب لپکے۔ مگر ایرانی بابا نے بڑی پھرتی سے مٹکا اپنے کندھوں پر اٹھایا اور لمبے لمبے ڈگ بھرتا ہوا اسٹیج سے اتر کر چلا گیا۔

اب سٹیج پر ایک چینی جادوگر دکھائی دیا۔ ڈاڑھی مونچھ صفاچٹ۔ نیلی بش شرٹ اور پتلون میں ملبوس۔ بلا کا پھرتیلا اور چاق و چوبند۔ اس نے حاضرین کو مخاطب کرتے ہوئے کہا"ساتھیو! میں آپ کو"تبدیلیٔ ہیئت" کا مشہور و معروف کھیل دکھاؤں گا۔ آپ حضرات میرے چہرے کی طرف غور سے دیکھتے رہیئے"۔ اس نے پنچم میں"ماؤ۔ ماؤ۔ ماؤ" کہنا شروع کیا۔ سامعین میں سے اکثر نے یہی سمجھا کہ وہ میاؤں میاؤں کی آواز نکال کر بلی بننے کی کوشش کر رہا ہے۔

لیکن ان کی حیرانی کی حد نہ رہی جب انھوں نے دیکھا کہ منگولین نسل کا یہ نمائندہ خالص آرین نسل کے فرد میں تبدیل ہو گیا ہے۔ اور اس کے خدوخال خطرناک حد تک روسیوں سے مشابہت رکھتے ہیں۔ حاضرین کی سمجھ میں کچھ نہ آیا کہ یہ تبدیلی کس طرح واقع ہوئی۔ لیکن پھر بھی انھوں نے تالیاں پیٹنا اپنا فرض سمجھا۔

اب روسی ساحر کی باری تھی۔ ایک ہاتھ میں ہتھوڑا اور دوسرے میں درانتی پکڑے جھومتا جھامتا وہ اسٹیج پر آیا۔ چھ فٹ قد، پر وقار چہرہ۔ مونچھوں پر ایک عجیب قسم کا تاؤ۔ "یا! استالن" کہہ کر جو اس نے درانتی ہوا میں لہرائی تو ایکدم اسٹیج

پر کئی قسم کی فصلیں لہلہانے لگیں۔ گندم۔ کپاس۔ گنا۔ حاضرین میں سے کسی نے کہا "میاں کوئی جادو کا کھیل دکھاؤ۔ یہ کیا کہ لگے فصلیں کاشت کرنے!"

"جادو کا کھیل؟" روسی نے کہا۔ "یہ کیا کم جادو ہے کہ میں نے بنجر سٹیج سے گندم، کپاس وغیرہ اگا کر دکھا دی؟"

"یہ تو کوئی بھی کسان کر سکتا ہے۔" کسی دوسرے نے پھبتی کسی۔

"اچھا صاحب تو دیکھئے جادو کا کھیل!" یہ کہہ کر اس نے اپنی ٹوپی ہوا میں اچھالی۔ ایک چھوٹی سی فاختہ پھڑ پھڑ کرتی، ٹوپی سے نکل اور سٹیج کے چکر کاٹنے لگی۔ یک لخت سٹیج کی روشنیاں تیز ہو گئیں۔ آسمان سے پھولوں کی بارش ہونے لگی۔ اور پس منظر میں کوئی آرکیسٹرا خود بخود مدھم سروں میں روس کا قومی ترانہ بجانے لگا۔ حاضرین نے خوش ہو کر بڑے جوش سے تالیاں بجائیں اور روسی ساحر "جے استالن" کا نعرہ لگا کر سٹیج سے اتر کر چلا گیا۔

اب ایک انگریز شعبدہ باز اپنے کمالات دکھانے آیا۔ اس نے اپنے بڑے کوٹ کی جیب سے ایک بلی نکالی۔ دوسری جیب سے دوسری بلی تیسری جیب سے ایک بندر اور چوتھی جیب سے ترازو۔ ترازو بندر کے ہاتھ میں تھماتے ہوئے اس نے سرگوشی کے انداز میں کہا "ہاں بیٹا۔ ذرا ہوشیاری سے!"

حاضرین فوراً تاڑ گئے کہ وہ کیا کھیل دکھلانے والا ہے۔ انھوں نے یک زبان ہو کر کہا "یہ تو بہت پرانا کھیل ہے۔ ہم اسے ہرگز نہیں دیکھیں گے!"

انگریز شعبدہ باز نے مسکرا کر جواب دیا "معاف کیجئے حضرات! میرے

پاس صرف یہی ایک کھیل ہے۔ اگر آپ اسے دیکھنا نہیں چاہتے تو میں معذور ہوں۔" اور وہ بلیاں بندر اور ترازو اپنی جیبوں میں ڈال کر چلا گیا۔

زاں بعد کئی جادوگروں نے اپنے اپنے کھیل دکھائے۔ ایک پٹھان مداری نے ایک بوڑھے آدمی کی ریش سے ایک ابلا ہوا انڈا نکالا جسے وہ سٹیج پر ہی چھیل کر کھا گیا۔ ایک مصری جادوگر نے مکم کے بادشاہ کو حکم کے غلام میں تبدیل کر کے دکھایا۔ ایک اطالوی مداری نے کیمرہ کے بغیر حاضرین کی فوٹو اتار کر رکھ دی علیٰ ہذا القیاس۔

جب سب جادوگر اور شعبدہ باز اپنے اپنے کھیل دکھا چکے تو سٹیج سے اعلان کیا گیا کہ اب جادوگروں کے بادشاہ جناب مسٹر ڈالر تشریف لاتے ہیں۔ حاضرین تالیاں پیٹنے لگے اور اس وقت تک پیٹتے رہے جب تک کہ مسٹر ڈالر بہ نفس نفیس سٹیج پر تشریف نہ لے آئے۔

"حضرات! حضرات!! حضرات!!!" مسٹر ڈالر نے مائیک کے سامنے کھڑے ہو کر کہا۔ "میں معمولی جادوگر ہوں نہ گمنام شعبدہ باز۔ میں دراصل بیسویں صدی کا سب سے بڑا معجزہ ہوں اور میں کھیل نہیں، معجزے دکھاتا ہوں۔ اگر آپ مجھ سے یہ توقع کرتے ہیں کہ میں عام مداریوں کی طرح بڑے بوڑھوں کی ہی داڑھیوں سے انڈے نکال کر دکھاؤں۔ یا پان کی بیگم کو اینٹ کی بیگم میں تبدیل کر دوں۔ تو آپ غلطی پر ہیں اور یہ میری توہین ہے، نہ صرف میری بلکہ اس جادو یعنی میجک یعنی بلیک آرٹ کی بھی توہین ہے، جس کا باقاعدہ مطالعہ میں نے امریکہ کی سب سے بڑی یونیورسٹی میں متواتر سولہ سال کیا۔ حضرات! جیسا کہ میں نے

شروع میں عرض کیا۔ میں معجزے دکھاتا ہوں معجزے۔ اس رعایت سے آپ مجھے معجزہ گر یا معجزہ باز کہہ سکتے ہیں۔ قسم ہے ریٹا ہیورتھ کی خوبصورت ناک کی اگر چاہوں تو بہتے پانی کو روک دوں، بحرالکاہل کو چیر کر رکھ دوں۔ کوہ ہمالہ کو دریائے مس سس پی بنادوں۔ لیکن حضرات! آج میں آپ کو خطرناک قسم کے معجزے نہیں دکھاؤں گا۔ مبادا آپ ڈر کر بے ہوش ہو جائیں۔ آج کی صحبت میں چند دلچسپ معجزے دکھانے کا ارادہ ہے۔ تو صاحبان! غور سے دیکھئے۔ شروع کرتا ہوں۔"

مسٹر ڈالر نے اپنی بش شرٹ کا ایک بٹن دبایا۔ فوراً ایک چمکتا ہوا سونے کا سکہ کھنکھناکر سٹیج پر گرا۔ اس کے بعد جوں جوں وہ بٹن دباتا گیا۔ سٹیج پر سکوں کا انبار لگتا گیا۔ ایک سکہ اُٹھا کر مسٹر ڈالر نے کہا "حضرات! ذرا اس سکے کو پہچانیے یہ معمولی سکہ نہیں، جادو کا سکہ ہے۔ اس میں یہ کمال ہے کہ جیب میں یہ کسی شخص کی جیب میں ڈال دیتا ہوں تو وہ شخص انسان نہیں رہتا، اُلو بن جاتا ہے۔ اُلو! اُلو!"

"اُلو؟" حاضرین میں سے کسی نے یوں کہا جیسے اسے مسٹر ڈالر کی بات پر یقین نہ آ رہا ہو۔

"جی ہاں، اُلو، کاٹھ کا نہیں بلکہ گوشت پوست کا اُلو۔"

"لیکن کیسے؟" حاضرین میں سے کسی نے سوال کیا۔

"ہاتھ کنگن کو آرسی کیا" مسٹر ڈالر نے مسکرا کر کہا۔ "آپ حضرات میں سے کوئی تین اصحاب، چاہے وہ کسی ملک کے باشندے ہوں، سٹیج پر تشریف لے آئیں۔"

ایک ہندوستانی، ایک فرانسیسی اور ایک ایرانی سٹیج پر چلے گئے۔ مسٹر ڈالر نے تینوں کی جیبوں میں جادو کا سکہ ڈال دیا۔ اور تین دفعہ یہ منتر دہرایا۔

چل گوری واشنگٹن والی، کر دے سب کو اندھا
بچ کے جانے پائے نہ کوئی، کس دے سب کا نندا

حاضرین کو سٹیج پر تین بڑے بڑے الو بیٹھے ہوئے نظر آئے۔ مسٹر ڈالر نے ان کی طرف اشارہ کرتے ہوئے کہا۔" حضرات ان الوؤں میں یہ فرق ہے کہ ایک عام الو تو صرف رات کے وقت دیکھ سکتا ہے۔ لیکن یہ وہ الو ہیں جنھیں رات کو بھی کچھ نظر نہیں آئے گا۔" حاضرین یہ معجزہ دیکھ کر انگشت بدنداں رہ گئے۔

"حضرات! حضرات حضرات!!" مسٹر ڈالر نے تین بار میز پہ مکا مار کر کہا۔ "اب دیکھیئے میرا دوسرا معجزہ۔ اس کا نام ہے۔" بھوکی کٹ تپلیاں"۔ قسم ہے ہیڈی لامار کی خوبصورت آنکھوں کی۔ بڑا دلچسپ معجزہ ہے یہ! مسٹر ڈالر نے اپنی بش شرٹ کے متعدد بٹن دبائے۔ سٹیج پر پندرہ بیس کٹ تپلیاں نمودار ہوئیں سب کی شکل وصورت یتیمانہ تھی۔ سب کے ہاتھوں میں ایک ایک چھوٹا سا کشکول تھا اور سب ہاتھ پھیلا پھیلا کر بھیک مانگ رہی تھیں۔" حضرات" مسٹر ڈالر نے کہا۔ یہ بھوکی کٹ تپلیاں ہیں۔ یہ اتنی کاہل واقع ہوئی ہیں کہ کوئی کام کرنا نہیں چاہتیں۔ ازل سے روٹی کی محتاج ہیں اور شاید ابد تک رہیں گی۔ اس وقت یہ خاموش ہیں۔ لیکن جونہی میں ان کے کشکولوں میں بسکٹ کے ٹکڑے ڈالوں گا، یہ بولنے لگیں گی۔ اور لطف یہ کہ صرف وہی الفاظ بولیں گی جو مجھے پسند ہیں۔ ذرا غور سے ملاحظہ فرمائیے۔ اب میں ان کے کشکولوں میں بسکٹ کے ٹکڑے ڈالتا ہوں۔

ٹکڑے ڈالنے کے بعد مسٹر ڈالر نے تپلیوں کو مخاطب کرتے ہوئے کہا "دنیا کا سب سے بڑا آدمی کون ہے؟"

تپلیوں نے یک زبان ہو کر کہا۔ "مسٹر ڈالر"۔

"میرے خیال میں سورج مغرب سے نکلتا ہے۔ تمہارا کیا خیال ہے"؟

"آپ درست فرماتے ہیں۔ سورج مغرب ہی سے نکلتا ہے"۔

"میری رائے میں اہرام مصر، مصر میں نہیں یونان میں ہیں۔ تم کیا کہتے ہو"؟

"جی ہاں۔ وہ یونان ہی میں ہیں"۔

"میں سمجھتا ہوں۔ کالی داس صحرائے کالاہاری میں پیدا ہوا تھا۔ تمہاری کیا رائے ہے"۔

"بلاشبہ وہ کالاہاری ہی میں پیدا ہوا تھا

"افلاطون فلسفی نہیں کنجڑا تھا"۔

"ہاں جناب بالکل کنجڑا۔ اسے فلسفی کون سرپھرا کہتا ہے"۔

ہا ہا۔ ہا ہا۔ مسٹر ڈالر نے ایک بلند قہقہہ فضا میں چھوڑتے ہوئے کہا۔ "دیکھا آپ نے کٹ پتلیوں کا معجزہ۔ اسے کہتے ہیں ہتھیلی پر سرسوں جمانا"۔ مسٹر ڈالر نے اپنی بش شرٹ کے بٹن پھر دبائے۔ سب کٹ پتلیاں غائب ہو گئیں۔

"حضرات۔ حضرات۔ حضرات"۔ مسٹر ڈالر نے پکار کر کہا "اب تیسرا معجزہ دیکھنے کے لئے تیار ہو جائیے۔ اس نے اپنی بش شرٹ کا سب سے قیمتی بٹن دبایا سٹیج پر فوراً کہیں سے ایک بہت بڑا پٹارا آ گرا۔

حضرات! یہ وہ جادو کا پٹارا ہے جس میں بٹھا کر میں کسی شخص کو بھی غائب

کر سکتا ہوں۔

ایک فرد۔ دو فرد۔ پوری قوم۔ سارا ملک! شک کرنے کی ضرورت نہیں۔ جادو وہ یوں سر چڑھ کر بولے۔ ابھی ابھی آپ کے سامنے یہ معجزہ دکھایا جائے گا۔ مسٹر ڈالر نے حاضرین کی طرف غور سے دیکھتے ہوئے ایک ایرانی نژاد کو اشارہ کیا کہ وہ سٹیج پر آجائے۔ جب وہ شخص اسٹیج پر ڈرتے ڈرتے آیا۔ تو مسٹر ڈالر نے اس کا تعارف حاضرین سے کراتے ہوئے کہا۔ "حضرات! یہ ایران کا سب سے معزز شہری ہے۔ اس کی گھر گھر پرستش ہوتی ہے۔ خاص کر عوام تو اس پر اپنی جان چھڑکتے ہیں، لیکن میں اسی شخص کو پٹارے میں بٹھا کر غائب کر دوں گا۔ اور کچھ اس طرح سے کہ آپ میں سے کسی کو کیا، خود اسے بھی پتہ نہیں چلے گا کہ وہ کہاں چلا گیا۔" مسٹر ڈالر نے اس شخص کو بیٹھ جانے کے لیے کہا۔ اس کے اوپر جادو کا پٹارا رکھا اور بلند آواز سے منتر پڑھا۔

چل گوری واشنگٹن والی، کر دے سب کو اندھا
بچ کے جانے پائے نہ کوئی، کس دے سب کا پھندا

جادو کا پٹارا اُٹھایا۔ وہ شخص غائب ہو چکا تھا۔ ہاہاہا۔ مسٹر ڈالر نے کہا حضرات! محض ایک شخص کو غائب کرنا میرے لئے بائیں ہاتھ کا کھیل ہے۔ قسم ہے مجھے بیٹی ڈیوس کی سڈول پنڈلیوں کی۔ میں نے بڑی بڑی قومیں، عظیم سلطنتیں اسی جادو کے پٹارے کی مدد سے آنِ واحد میں غائب کر دیں اور کسی کو آج تک معلوم نہ ہوا کہ وہ کدھر گئیں۔ لیکن حضرات میں ایک بات عرض کرنا بھول گیا۔ وہ یہ کہ پٹارا آخر پٹارا ہے۔ دوسری صدی قبل از مسیح کی ایجاد۔ ایٹم بم

کے دور میں یہ بیکار سی چیز ہے ۔ حال ہی میں مَیں نے ایک نیا طریقہ ایجاد کیا ہے جس کی مدد سے چشم زدن میں کوئی بھی چیز غائب ہو سکتی ہے ۔

حضرات اگر آپ میں ایسے اشخاص موجود ہوں جو زندگی سے بیزار ہیں یعنی جو دن رات خودکشی کرنے کی نئی نئی ترکیبیں سوچتے رہتے ہیں تو وہ آگے آجائیں یہ معجزہ دکھانے کے لئے مجھے ایسے اشخاص ہی کی ضرورت ہے ۔ پچاس ساٹھ نوجوان سٹیج پر چلے آئے ۔ مسٹر ڈالر نے حسبِ معمول بش شرٹ کا بٹن دبایا۔ سٹیج پر کوئی گیند نما چیز اچھل کر گری اسے اس نے اٹھا کر ان نوجوانوں کے درمیان رکھدیا اور ایک بار پھر بش شرٹ کا بٹن دبایا ۔ ایک خوفناک دھماکہ ہوا اور سب نوجوان ریزہ ریزہ ہو کر فضا میں تحلیل ہو گئے ۔

"ہاہا ۔ ملاحظہ فرمایا آپ نے میرا نیا طریقہ !"

حاضرین اس معجزے کو دیکھ کر اتنے خوف زدہ ہوئے کہ وہ تالی بجانا بھی بھول گئے ۔

"حضرات ۔ حضرات ۔ حضرات" مسٹر ڈالر نے چلا کر کہا ۔ "اب میں آپ کو اپنا سب سے بڑا معجزہ دکھانے لگا ہوں ۔ ذرا محتاط ہو جائیے ۔ مختصراً عرض کر دوں کہ اس معجزے کا تعلق میری اپنی ذات سے ہے ۔ میجک یعنی بلیک آرٹ کی مدد سے میں اپنے آپ کو اندھا کر لوں گا ۔ مجھے کوئی چیز دکھائی نہیں دیگی چاہے وہ روزِ روشن کی طرح عیاں ہو"

حاضرین حیران ہو کر مسٹر ڈالر کے منہ کی طرف دیکھنے لگے ۔ مسٹر ڈالر نے بٹن دبا کر ایک عجیب قسم کی عینک برآمد کی اور اسے آنکھوں پر لگالیا ۔ پھر حاضرین

کو یہ مژدہ سُنایا: "حضرات! اب میں مکمل طور پر اندھا ہو گیا ہوں۔ آپ مجھے کوئی چیز بھی دکھائیں مجھے وہ نظر نہیں آئے گی۔"

ایک ہندوستانی سٹیج پر آیا۔ اس نے تاج محل کا ایک خوبصورت ماڈل دکھاتے ہوئے مسٹر ڈالر سے پوچھا۔ "یہ کیا ہے؟"

مسٹر ڈالر نے سوظاتے ہوئے جواب دیا۔ "کچھ بھی نہیں۔"

ہندوستانی نے اسے ایک کتھک ناچ کی پینٹنگ دکھائی۔ "اور یہ؟"

"یہ بھی کچھ نہیں۔"

ایک روسی نے مسٹر ڈالر کے قریب آکر اسے اسٹالن کی ایک بہت بڑی تصویر دکھائی۔

"کیا اسے پہچان سکتے ہو مسٹر ڈالر؟"

"کیسے؟" مسٹر ڈالر نے حیران ہو کر جواب دیا۔ "میری آنکھوں کے سامنے اندھیرا ہی اندھیرا ہے۔"

"اگر اتنی بڑی تصویر بھی تمہیں نظر نہیں آتی تو پھر تمہاری آنکھوں کا خدا ہی حافظ ہے۔" روسی نے تمسخر سے کہا۔

ایک چینی نے اسے اسٹیج پر آکر اپنے ملک کا نقشہ دکھایا۔ "مسٹر ڈالر بھلا بتائیے یہ کیا ہے؟"

مسٹر ڈالر نے حسب معمول سر ہلاتے ہوئے کہا۔ "مجھے تو کچھ نظر نہیں آتا۔"

"کچھ بھی نظر نہیں آتا؟" چینی نے ہنس کر کہا۔ "عجیب مسخرے ہو۔ ابھی چند منٹ پہلے تو بھلے چنگے تھے۔ تمہیں ہو کیا گیا۔ دیکھتے نہیں یہ چین ہے۔ پچاس

کروڑ چینیوں کا وطن۔"

"نہیں یہ کچھ بھی نہیں۔"

مسٹر ڈالر کا اور زیادہ امتحان لینا بے سود تھا۔ اس لئے حاضرین نے اتفاق رائے سے فیصلہ کیا کہ وہ واقعی اندھا ہوگیا ہے۔ اس فیصلے پر حاضرین کے بجائے مسٹر ڈالر نے تالیاں پیٹیں۔

مسٹر ڈالر نے آنکھوں پر سے عینک اتاری۔ اب اسے پھر ہر چیز نظر آنے لگی۔ اس نے حاضرین کو مخاطب کرتے ہوئے کہا۔ "حضرات! معجزے تو میں اور بھی دکھا سکتا ہوں۔ لیکن آپ مجھ سے اتفاق کریں گے کہ اس آخری معجزے کے بعد وہ کچھ پھیکے سے لگیں گے۔ اس لئے معذرت چاہتا ہوں اور اجازت بھی۔ شب بخیر!"

مسٹر ڈالر نے آخری بار بش شرٹ کا بٹن دبایا اور سٹیج سے غائب ہوگیا۔

تقریبوں میں شرکت

فکرِ معاش، عشقِ بتاں، یادِ رفتگاں
اس زندگی میں اب کوئی کیا کیا کیا کرے

بہت خوب! لیکن شاعر تقریبوں میں شرکت کرنے کو کیوں فراموش کر گیا! یہ بات سمجھ میں نہیں آئی۔ شاید اس لئے کہ فکرِ معاش وغیرہ شدید قسم کے دردِسر ہیں اور تقریبوں میں شرکت ہلکے قسم کا دردِسر ہے یا شاید اس لئے کہ شاعر ان خوش قسمت اشخاص میں سے تھا جنھیں دعوتی رقعے بھجوائے نہیں جاتے ورنہ یہ تو ممکن نہیں کہ وہ تین قسم کے دردِسر تو شعر میں گنوائے اور چوتھے کا ذکر ہی نہ کرے۔

کہتے ہیں انسان سوشل قسم کا جانور ہے۔ یہ بات اکثر نہایت فخر سے دہرائی جاتی ہے حالانکہ بیچارے انسان کی بدقسمتی یہی ہے کہ وہ بہتر قسم کا جانور نہیں اور سوسائٹی میں رہتے ہوئے اس کا سوشل تقاریب سے دامن چھڑانا مشکل ہی

نہیں ناممکن بھی ہے۔

آپ کتنے ہی مصروف کیوں نہ ہوں، حیا جو کیوں نہ ہوں اور آپ کو تقاریب سے کتنی ہی چڑ کیوں نہ ہو آپ کو تقریبوں میں شرکت کرتے ہی بنے گی نہیں تو احباب روٹھ جائیں گے۔ رشتہ دار کہیں گے کہ آپ کا دماغ چل گیا ہے اور برادری آپ کا حقہ پانی بند کر دے گی۔ اب کس میں اتنی ہمت ہے کہ بیک وقت تین خطرے مول لے سکے۔ اسی لئے تو ہم نے کہا نا کہ خیریت اسی میں ہے کہ تقریبوں میں شرکت کی جائے۔

فراغت کے لمحوں میں ہم نے کئی بار حساب لگا کر دیکھا ہے کہ کسی ایک تقریب میں شرکت کرنے کے کیا معنی ہوتے ہیں۔ یعنی وہ کس بھاؤ پڑتی ہے اور ہمیشہ اس نتیجے پر پہنچے ہیں کہ جو اکبر الہ آبادی نے فرمایا:- ؎

کٹی عمر ہوٹلوں میں مرے ہسپتال جا کر

بالکل غلط فرمایا، کیونکہ تقاریب اتنی مہلت ہی کب دیتی ہیں کہ آدمی ہوٹلوں کا رخ کر سکے۔ دراصل انھیں یوں کہنا چاہیئے تھا کہ عمر عزیز تقاریب میں کٹی اور مرے بھی اسی لئے کہ ایک تقریب کے بعد دوسری اور دوسری کے بعد تیسری میں شریک ہوتے رہے۔

آپ ہماری ہی مثال لیجئے ہم ذرا خلوت پسند واقع ہوئے ہیں۔ یہ بات تو نہیں کہ ہم دنیا کی محفلوں سے تنگ آ گئے ہیں۔ البتہ یہ ضروری ہے کہ جب تک اہل محفل اپنے مزاج اور اپنی پسند کے نہ ہوں ہمیں محفلوں سے دور رہنے ہی میں سلامتی نظر آتی ہے۔ لیکن اس کا اب کیا کیا جائے کہ آئے دن ہمیں ایسی تقریبوں میں

مدعو کیا جاتا ہے جہاں چراغ لے کر بھی ڈھونڈیں تو، ع

ہم سخن کوئی نہ ہو اور ہم زباں کوئی نہ ہو

ابھی چند دن ہوئے ہمارے ہمسائے کے لڑکے کا منڈن تھا۔ ہمارے ہمسائے خالص قسم کے بیوپاری آدمی ہیں۔ شعر و ادب سے انہیں دور کا بھی واسطہ نہیں لیکن ان کا تقاضا تھا کہ ہم منڈن کے موقع پر ضرور آئیں۔ جب ان کا دعوتی کارڈ ملا اور پڑھا تو گویا ہوش اڑ گئے۔ لالہ جی نے منڈن کے لئے اتوار کا دن اور نو بجے صبح کا وقت مقرر کیا تھا۔ خدا خدا کر کے سات دنوں کے بعد اتوار کی شکل دیکھنا نصیب ہوتا ہے اور وہ بھی اگر منڈن کی نذر ہو جائے، تو اتوار کا سارا مزا کرکرا ہو جاتا ہے۔ سوچا تو یہ تھا کہ اس اتوار کو امجد صاحب سے ملیں گے۔ کچھ سنیں سنائیں گے، گپ شپ رہے گی چائے کے دو ایک دور ہو جائیں گے اور پھر اگر موڈ اچھا ہوا تو کسی ہوٹل میں کھانا کھانے کے بعد سیدھے کسی سینما ہال کا رخ کریں گے۔ لیکن اس منڈن نے سارے پروگرام پر پانی پھیر دیا۔ بقولِ فلمی شاعر۔ ع

سوچا تھا کیا کیا ہو گیا

بادلِ ناخواستہ ٹھیک نو بجے لالہ جی کے گھر پہنچے۔ وہاں جا کر دیکھا۔ ع

عجب تھی بہار اور عجب سیر تھی

یعنی لالہ جی اور ان کے تین چار رشتہ داروں کے علاوہ اور کوئی نظر نہیں آیا لالہ جی نے ہم سے معانقہ کرتے ہوئے فرمایا۔ آپ ذرا جلدی آ گئے۔ خیر کوئی بات نہیں تشریف رکھیے۔

ہم نے کہا۔" وقت تو نو بجے ہی تھا نا ؟"

"جی ہاں ! جی ہاں ، لیکن آپ جانتے ہیں نو بجے کا مطلب نو بجے تو نہیں ہوتا ہے۔"

ہم نے دل میں یہی سمجھا کہ نو بجے کا مطلب شاید گیارہ بجے ہوتا ہے اور ہم وقت مقررہ سے دو گھنٹے پہلے چلے آئے ہیں۔ ہمیں ایک کرسی میں بٹھا کر لالہ جی اپنے ملازموں سے خطاب کرنے لگے۔

"ہاں تو نائی کا بندوبست ہو گیا۔"

"جی ہاں۔"

"اور پنڈت جی ؟"

"وہ بھی دس بجے پہنچ جائیں گے۔"

"اور لڈو ؟"

"بس تیار ہی سمجھیے۔"

"لاؤڈ اسپیکر ؟"

"وہ بھی آرہا ہے۔"

کوئی ساڑھے نو پونے دس بجے مہمان آنا شروع ہوئے۔ اب جو دیکھتے ہیں تو ایک سے ایک بڑھ کر بیوپاری اپنی اپنی نشست پر بیٹھتے ہی انھوں نے جوتا جرانہ قسم کی گفتگو شروع کی تو ہمارے پلے کچھ نہ پڑا کہ یہ کیا قصے ہو رہے ہیں۔ ایک بزرگ نے دوسرے بزرگ کا شانہ جھنجوڑتے ہوئے پوچھا۔

"تازہ رپورٹ کیا ہے ؟"

اس کے جواب میں دوسرے بزرگ نے فرمایا۔

"پونے بارہ آنے" ——— پونے بارہ آنے، ایک اور بزرگ نے چونک کر کہا۔ "نہیں جی ساڑھے گیارہ آنے، اچھا تو پھر کیا خیال ہے آپ کا؟" کسی اور نے پوچھا۔

"اوپر جائے گا۔"

"ہاں ابھی رہنے ہی دیجیے!"

آدھ گھنٹے کے قریب وہ اسی انداز میں پہیلیاں کہتے رہے اور خدا جانے کب تک کہتے رہتے اگر لاؤڈ اسپیکر کے ذریعے سنوائے جانے والے فلمی ریکارڈوں میں ان کی آواز دب کر نہ رہ جاتی۔

دس بجے منڈن کی رسم شروع ہوئی۔ رسم کے دوران میں کئی بار محسوس ہوا کہ یہ کبھی ختم ہونے کا نام نہ لے گی۔ سوا گیارہ بجے پنڈت جی نے یہ مژدہ سنایا کہ منڈن کی رسم ختم ہو چکی ہے۔ اب تین چار بھجن ہوں گے اس کے بعد بچے کو اشیرواد دی جائے گی۔ پھر لڈو تقسیم ہوں گے۔ اس کے بعد مہمان اگر چاہیں تشریف لے جا سکتے ہیں۔

ساڑھے گیارہ بجے گھر لوٹے۔ متواتر اڑھائی گھنٹے بیٹھ کر اتنے تھک گئے کہ محسوس ہوا منڈن سے نہیں کسی لمبے سفر سے لوٹے ہیں۔ یہ تو تھی منڈن کی تقریب جسے عام طور پر نہایت ادنیٰ قسم کی تقریب کہا جاتا ہے۔ اب ایک اعلیٰ قسم کی تقریب کا بھی قصہ سن لیجیے۔ ہم آرام سے بستر پر لیٹے ہوئے تھے کہ ڈاکیہ نے ایک دعوتی کارڈ لا کر دیا۔ لکھا تھا۔

"عزیزمن"

"عزیزی منوہر کی شادی خانہ آبادی مورخہ ۲۳ جون کو مقرر ہوئی ہے۔ بارات بذریعہ لاری "الٹے نگر" جائے گی۔ آپ کی شرکت ازحد ضروری ہے۔ لہٰذا آپ تاریخ مقررہ پر معہ عزیزان تشریف لاکر مجھے ممنون ہونے کا موقع دیجئے۔ اگر آپ نہ آئے تو میں سخت ناراض ہوں گا۔"

یہ خط ہماری اہلیہ کے ماموں صاحب کا ہے اور اگر ہم ان کے ہاں نہ گئے تو وہ ناراض ہوں گے اور اہلیہ محترمہ بھی ہمیں عمر بھر معاف نہ کریں گی۔ اب اس تقریب میں شرکت کرنے کا مطلب ہے چار نہایت پریشان کن مسائل سے ٹکر لینا۔ پہلا مسئلہ تو اخراجات کا ہے۔ یعنی بیاہ کے موقع پر پہننے کے لئے دو ایک نئے سوٹ سلوائے جائیں۔ دوسرا چھٹی کا ہے، یعنی افسر کی منت سماجت کی جائے کہ وہ چار پانچ دن کی چھٹی دینے کے لئے آمادہ ہوجائے۔ تیسرا قیامت کی گرمی میں سفر کرنا ہے اور چوتھا مسئلہ ہے۔ "الٹے نگر" جیسے فضول قصبے کی زیارت کا۔ دل ہی دل میں ماموں صاحب کے حسنِ انتخاب کی داد دے رہے ہیں کہ لڑکے کے بیاہ کے لئے دن بھی منتخب کیا تو ۲۳ جون یعنی موسم گرما کا سب سے لمبا دن اور بارات لیجا رہے ہیں اُلٹے نگر۔ خیر کسی نہ کسی طرح چھٹی لے کر ان کے ہاں پہنچے۔ جون کی جھلستی ہوئی دوپہر کو بارات روانہ ہوئی۔ لاری میں پچیس آدمیوں کے بیٹھنے کی جگہ ہے۔ لیکن بچے، جوان اور بوڑھے ملا کر چالیس کو ٹھونس دیا گیا ہے۔ گرمی سے جان نکلی جا رہی ہے خدا خدا کر کے لاری الٹے نگر پہنچی۔

بارات کو ایک خستہ حال سرائے میں ٹھہرایا گیا۔ دن میں مکھیوں اور رات کو مچھروں نے ایک منٹ آرام نہ کرنے دیا۔ اس پر ستم یہ کہ "ملنی" کے موقعوں پر ماموں جان نے یہ فرمائش کر دی کہ عزیز منوہر لال کا سہرا جو انھوں نے کسی تک بند سے لکھوایا تھا ہم ترنم کے ساتھ حاضرین کو پڑھ کر سنائیں۔ اب ذرا سہرے کے دو تین اشعار ملاحظہ فرمائیے کہ ترنم تو ترنم اسے کوئی ذی ہوش انسان ویسے بھی پڑھنا گوارا نہ کرے گا ۔

چاند نے دیکھ کے دولھے کو ستارے سے کہا — ہائے کس شان سے ہے باندھ کے آیا سہرا
دوڑ کر باپ نے سہرے کی بلائیں لے لیں — بھاگ کر ماں نے کلیجے سے لگایا سہرا
ساس یہ کہتی ہے ہمسائی سے گھبرانا نہیں — دیکھ لیجیو کہ ابھی آیا کہ آیا سہرا

براتی خراب گھی میں اناڑی ہاتھوں سے تلی ہوئی پوریاں، کچوریاں اور پکوان کھا کھا کر بے حال ہو گئے اور گلا بیٹھ گیا۔ ہاضمہ کچھ اس طرح بگڑا کہ بیاہ کے دس دن بعد بھی ٹھیک ہونے میں نہ آیا۔ اتنی کوفت اٹھائی اور صلہ یہ ملا کہ ماموں صاحب سے سعادتمندی اور اہلیہ محترمہ سے فرمانبرداری کا سارٹیفکٹ مل گیا۔ اب اس سارٹیفکٹ کو چاہے شہد لگا کر چاٹئے چاہے یونہی چاٹ لیجیے!

منڈن اور شادی کی تقریبوں کے علاوہ اور درجنوں چھوٹی بڑی تقریبیں ہوتی ہیں جیسے ایک تقریب "گرہ پرویش" یعنی نئے گھر میں پہلی بار داخل ہونا۔ اس تقریب سے زیادہ مضحکہ خیز تقریب شاید ہی کوئی ہوگی۔ آپ نے روپیہ بچا کر یا قرض لے کر ایک مکان بنا لیا۔ چلو اچھا کیا۔ اب آرام سے اس میں داخل ہو جائیے۔ آخر مکان میں داخل ہونا اور وہ بھی اپنے مکان میں کون سا

ایسا مرحلہ ہے جسے آپ دوسروں کی مدد کے بغیر طے نہیں کر سکتے۔

ایک اور تقریب ہے کسی کی آمد یا روانگی کے موقع پر دوست احباب کو مدعو کرنا کسی کا کوئی عزیز افریقہ سے پندرہ برس کے بعد لوٹا اب ان کا اصرار ہے کہ سو ڈیڑھ سو حضرات ان کے دولت خانے پر تشریف لائیں اور عزیز مذکور کا خیر مقدم کریں۔ کسی کا کوئی عزیز تنگھائی یا سنگاپور جا رہا ہے لیکن وہ تب تک نہیں جا سکتا جب تک اپنا وقت ضائع کر کے اسے الوداع نہ کہیں۔ اور پھر دوسری تقریبیں ہیں آج ہولی ہے کل بیساکھی ہے پرسوں راکھی ہے۔ اس کے بعد ایک بزرگ کا چوتھا ہے پھر کسی اور بزرگ کی کریا ہے یعنی ہفتہ کا کوئی بھی دن ایسا نہیں جب آپ اپنا پروگرام مرتب کر سکیں۔

بارہا جب متعدد دعوتی کارڈ اکٹھے ہو گئے تو جی میں آیا کہ ان سب کو معذرت کے طور پر غالب کا یہ شعر لکھ بھیجیں، سہ

غالبؔ خستہ کے بغیر کون سے کام بند ہیں　　روئیے زار زار کیا کیجیے ہائے ہائے کیوں

یا اس شعر کے بجائے علامہ شبلیؔ کا وہ قطعہ بھجوا دیں جو انھوں نے اکبر الہ آبادی کے دعوت نامہ کے جواب میں بھجوایا تھا۔

آج دعوت میں نہ آنے کا مجھے بھی ہے ملال
لیک حالات کچھ ایسے ہیں کہ مجبور ہوں میں
دل کے بہلانے کی باتیں ہیں وگرنہ شبلیؔ!
زندہ درگور ہوں، مرحوم ہوں مغفور ہوں میں

ادبی مشیر

قریب قریب ہر ایک خاندان میں ایک بزرگ ایسا بھی ہوتا ہے جس نے عالمِ شباب میں کسی گمنام اخبار یا رسالے میں دو ایک مضامین لکھے ہوں۔ شاید ان میں بتایا گیا تھا کہ بینگن کا بھرتہ کس طرح بنانا چاہیئے یا کالی کھانسی کے لئے شربتِ بنفشہ اچھا رہتا ہے یا شربتِ بادام۔ اس کے بعد وہ کچھ اس لئے نہ لکھ سکے کہ خانگی یا کاروباری دھندوں نے انھیں لکھنے کے لئے فرصت ہی کب دی۔ پھر بھی انھوں نے متعدد بار کچھ لکھنے کی ناکامیاب کوشش ضرور کی۔ مثلاً انھوں نے ایک ناول "فاختہ کا گھونسلا" لکھنا شروع کیا۔ لیکن دس صفحے لکھنے کے بعد بند کر دیا۔ ایک کتاب تنقید پر لکھنا چاہتے تھے۔ نام تھا "بال کی کھال" لیکن بُرا ہو کسی اور نقاد کا کہ اس نے ان سے پہلے یہ کتاب لکھ ڈالی۔ اب ان کا خیال ہے کہ یہی کتاب "بات کا بتنگڑ" نام سے لکھی جائے۔ لیکن کب! یہ کچھ نہیں

کہہ سکتے۔ یہ سب تو فرصت اور فراغت پر منحصر ہے۔ اگر کافی فرصت ملی تو ضرور لکھیں گے۔

یہ بزرگ خاندان کے ان افراد کو جنھیں ادب سے مس ہے، مشورہ دینا اپنا فرض سمجھتے ہیں۔ دراصل ان کی حیثیت دوست، رہنما اور فلسفی کی ہے۔ جونہی انھیں پتہ چلتا ہے کہ ان کے خاندان کے کسی فرد نے کچھ لکھنے کا ارادہ کیا ہے۔ یہ اسے اپنے یہاں بلاتے ہیں یا خود اس کے یہاں پہنچ جاتے ہیں اور اگر کہیں باہر گئے ہوئے ہیں تو ایک مفصل خط میں لکھنے سے متعلق تمام ضروری باتیں لکھ بھیجتے ہیں۔ ابھی پرسوں نلنی دیوی کے نام انھوں نے ایک خط لکھا:۔

ڈیر نلنی دیوی!

جیتی رہو۔ کملیش نے مجھے بتایا کہ تم گھر والوں سے چوری چھپے گیت لکھا کرتی ہو اور کبھی کبھی مشاعروں میں شرکت بھی کرتی ہو لیکن تمھارے والدین کو تمہارا گیت لکھنا بالکل پسند نہیں۔ خیر انھیں میں سمجھا دوں گا۔ اول تو سمجھ جائیں گے نہ بھی سمجھیں تو تمھیں گھبرانے کی ضرورت نہیں۔ ایک ادیب کو بڑی بڑی مشکلوں کا سامنا کرنا پڑتا ہے۔ میری مثال ہی لے لو۔ میں نے اپنا پہلا مضمون بارہ برس کی عمر میں لکھا۔ عنوان تھا "شلجم کا اچار" جب یہ مضمون میری والدہ نے پڑھا تو بہت ناراض ہوئیں۔ کہنے لگیں۔" اچار بنانے کا جو طریقہ تم نے لکھا ہے وہ بالکل غلط ہے۔ اگر کسی عورت نے اس طریقے پر عمل کرتے ہوئے اچار بنایا تو نہ صرف شلجم خراب ہو جائیں گے بلکہ

وہ مرتبان بھی جس میں اچار بنایا جائے گا؟" میں نے ان سے کہا "یہ طریقہ میرا اپنا طریقہ ہے اس لئے میں اس کے خلاف ایک لفظ سننا نہیں چاہتا۔" ان کی نکتہ چینی کی پرواہ نہ کرتے ہوئے میں نے اسی دن ایک اور مضمون لکھ ڈالا۔ عنوان تھا۔" آنولے کا مرتبہ۔" اس مضمون کو پڑھ کر میرے والد بہت سیخ پا ہوئے کہنے لگے۔" تو کچھ پڑھے لکھے گا بھی کہ اچار مربے ہی بناتا رہے گا۔" میں نے ان کے غصے کی بھی پرواہ نہ کی اور برابر لکھتا گیا۔ آخر ایک دن سب کو ماننا پڑا کہ میں پیدائشی ادیب ہوں۔ تو کہنے کا مطلب یہ کہ تمھیں والدین کی مخالفت کی پرواہ نہیں کرنی چاہیئے۔ ہاں یہ ضروری ہے کہ تم گیت اچھے لکھو۔ اچھے گیت لکھنے کا راز یہ ہے کہ تب تک گیت نہ لکھا جائے جب تک خوب پیٹ بھر کر کھانا نہ کھا لیا جائے۔ کچھ شاعر چائے کا ایک پیالہ پینے کے بعد گیت لکھنے لگتے ہیں۔ اس پیالے میں دودھ کے دو تین قطرے ہوتے ہیں اور چینی بالکل نہیں ہوتی نتیجہ یہ ہوتا ہے کہ جیسی کڑوی چائے پیتے ہیں ویسے ہی کڑوے گیت لکھتے ہیں۔ تمھارے پاس پرماتما کا دیا سب کچھ ہے۔ تم ایسی غلطی کبھی نہ کرنا۔ گیت لکھنے کے متعلق دوسری بات جو یاد رکھنے کے قابل ہے یہ ہے کہ گیت ہمیشہ کسی اچھے موضوع پر لکھا جائے۔ کوئل، بلبل یا بٹیر پر گیت لکھنے کا کوئی فائدہ نہیں۔ ان پر تو ہزاروں شاعر پہلے ہی گیت لکھ دئے ہیں۔ اس لئے تمھیں کسی ایسے پرند پر

گیت لکھنا چاہیے جس پر آج تک کوئی گیت نہ لکھا گیا ہو مثلاً
شتر مرغ۔ اب شاید تم پوچھو گی کیا شتر مرغ بھی گیت گاتا ہے؟
ہاں ہاں کیوں نہیں گاتا۔ کونسا پرندجانور یا انسان ترنگ میں
آ کر گیت نہیں گاتا۔ تیسری بات جو تمھیں کبھی نہیں بھولنا چاہیئے یہ
ہے کہ گیت میں جذبات کی بجائے لَے کا ہونا زیادہ ضروری ہے
اس لئے تمھیں ایسے گیت لکھنا چاہیئں جن میں جذبات کم ہوں،
لیکن جن کی لَے پر سر دھننے کو جی چاہے۔ میرے خیال میں وہ گیت
فوراً مقبول ہو سکتا ہے جس میں جذبات بالکل نہ ہوں بس لَے ہی لَے
ہو۔ ایسے گیت لکھنے کے لئے تمھیں کافی مشق کرنا پڑے گی۔ جذبات
کو آہستہ آہستہ گھٹانا یہاں تک کہ وہ بالکل نہ ہونے کے برابر رہ جائیں
بڑا مشکل کام ہے لیکن اگر شاعر ہمت نہ ہارے تو اتنا مشکل بھی نہیں۔
آخری بات جو تمھیں یاد رکھنی چاہیئے یہ ہے کہ گیت زیادہ لمبے نہیں ہونے
چاہئیں۔ زیادہ سے زیادہ ان میں سات یا آٹھ سطور ہونی چاہئیں۔ چھوٹے
گیتوں میں یہ خوبی ہوتی ہے کہ انھیں ہر شخص پڑھ لیتا ہے۔ لمبے گیت
ایک تو کافی وقت لیتے ہیں دوسرے انھیں لکھتے وقت شاعر اتنا الجھ
جاتا ہے کہ گلاب کے پھول پر گیت لکھتے لکھتے گل قند پر لکھ ڈالتا ہے۔

ایک بات اور۔ آئندہ جو بھی گیت لکھو اس کی ایک کاپی مجھے ضرور
بھجواؤ تاکہ اس کو پڑھنے کے بعد میں تمھیں اپنی رائے سے مطلع کر سکوں۔

میں ہوں تمھارا خیر اندیش

ایک بزرگ

یہ بزرگ نہ صرف گیت لکھنے کا ڈھنگ بتا سکتے ہیں بلکہ ناول کس طرح لکھنا چاہیئے اس کے متعلق بھی بہت کچھ کہہ سکتے ہیں اگر آپ کو یقین نہ آئے تو ان کا یہ خط پڑھیئے جو تھوڑے دن ہوئے انھوں نے اپنے بھانجے ابناش چندر کو لکھا۔

ڈیر ابناش چندر!

تمھارا نیا ناول "دوج کا چاند" ریلوے بک اسٹال سے خرید کر پڑھا تم سے تو یہ بھی نہ ہو سکا کہ ناول کی ایک کاپی ہی بھجوا دیتے۔ خیر کوئی بات نہیں۔ معاف کرنا۔ تمھارا ناول مجھے بالکل پسند نہیں آیا بھلا "دوج کا چاند" بھی کوئی نام ہے۔ اگر چاند ہی پر رکھنا تھا تو "چودھویں کا چاند" کیوں نہ رکھا۔ جو بات چودھویں کے چاند میں ہے وہ بھلا دوج کے چاند میں کہاں۔ ہیروئن کا نام تم نے "مالتی" رکھا ہے۔ "دوج کا چاند" کی ہیروئن کا نام چندر مکھی یا چاند رانی ہوتا تو مزہ آجاتا۔ ہیرو کے لئے چندر بھان کا نام بڑی آسانی سے چنا جا سکتا تھا۔ تمھارے ناول میں ہیرو اور ہیروئن میں پہلی ملاقات ساتویں باب میں ہوتی ہے حالانکہ میرے خیال میں پہلے باب میں ہو جانی چاہیئے تھی۔ بارھویں باب میں ہیرو ہیروئن سے ناراض ہو کر بیکانیر چلا جاتا ہے۔ بیکانیر کے بجائے اگر تم اسے شملہ یا منصوری بھیج دیتے تو کتنا اچھا رہتا۔ وہاں اس کی ملاقات کسی اور لڑکی سے کرائی جا سکتی تھی۔ ملاقات نہ

نہ بھی ہوتی تو کم از کم اس کی صحت تو اچھی ہو جاتی۔ تم شاید نہیں جانتے کہ ایک تندرست ہیرو ناول کے لیے کتنا ضروری ہوتا ہے تمھارے ناول پہ مفصل تنقید پھر کبھی کروں گا۔ اس خط میں تمھیں ایک پلاٹ بتانا چاہتا ہوں۔ اس کا استعمال تم اپنے اگلے ناول میں کر سکتے ہو۔ دراصل یہ ایک سچا واقعہ ہے اور اتنا دلچسپ کہ اگر میرے پاس وقت ہوتا تو میں خود اسے ناول کا موضوع بناتا۔ ہاں تو وہ واقعہ یہ ہے:۔

ایک بار میں کلکتے گیا جس ہوٹل میں ٹھہرا وہاں میری ملاقات ایک نوجوان عورت سے ہوئی اس نے مجھے بتایا کہ اس کا خاوند گھر سے بھاگ گیا ہے اور وہ ہوٹل میں برتن صاف کر کے اپنا گذارہ کر رہی ہے۔ مجھے اس نوجوان عورت پر بہت ترس آیا۔ میں نے اس کے گمشدہ خاوند کو ڈھونڈ لانے کا تہیہ کر لیا۔ بنگال کا کونہ کونہ چھان مارا لیکن اس بھلے مانس کا پتہ نہ چلا۔ واپس کلکتے آیا۔ اور اس عورت سے پوچھا کہ اس کا خاوند اس سے کس بات پہ ناراض ہو کر گھر سے چلا گیا ہے۔ اس نے مجھے بتایا کہ ان کے گھر میں ایک بلی تھی جسے وہ بیحد چاہتی تھی۔ لیکن اس کے خاوند کو اس سے نفرت تھی۔ "وہ بلی اب کہاں ہے؟" میں نے پوچھا "وہ تو اب بھی میرے پاس ہے"۔ عورت نے جواب دیا۔ "وہ بلی لاؤ"۔ میں نے اس سے کہا۔ بلی لے کر میں اس شخص کی تلاش میں

دوبارہ روانہ ہوا۔ ایک دن بلی کو اپنے کندھے پر بٹھا کر دہلی کے چاندنی چوک میں سے گذر رہا تھا کہ کیا دیکھتا ہوں ایک آدمی جس نے بھگوے کپڑے پہن رکھے ہیں۔ بلی کی طرف ٹکٹکی باندھے دیکھ رہا ہے۔ فوراً سمجھ گیا کہ یہی وہ شخص ہے جس کی تلاش میں میں مارا مارا پھر رہا ہوں۔ میں نے اسے بازو سے پکڑ کر کہا۔ "سچ بتاؤ۔ تم پرتوش کمار گھوش تو نہیں ہو؟" پہلے تو اس نے مجھے ادھر ادھر کی باتوں میں ٹالنا چاہا۔ لیکن جب میں نے اس کے منہ پر زور سے ایک تھپڑ مارا تو اس نے روتے روتے کہا۔ "میں پرتوش کمار گھوش ہی ہوں۔" میں نے اس سے کہا۔ "فوراً میرے ساتھ کلکتے واپس چلو نہیں تو ابھی پولیس کے حوالے کرتا ہوں۔" وہ میرے ساتھ چلنے پر راضی ہوگیا۔ اس نوجوان عورت نے جب اپنے خاوند کو دیکھا تو خوشی سے پھولی نہ سمائی۔ میں نے اس سے کہا۔ "بلی ہی تمہارے خاوند کو تم سے دُور لے گئی اور بلی ہی اسے تمہارے نزدیک لے آئی۔"

تو یہ ہے وہ واقعہ۔ اسے تم اپنے دوسرے ناول کا موضوع بنا سکتے ہو۔ اس کا نام بڑی آسانی سے ہو سکتا ہے۔ "ایک عورت ایک بلی" اگر یہ نام پسند نہ آئے تو "بلی کا معجزہ" رکھا جا سکتا ہے۔

تمہارا خیر اندیش

تمہارا ماموں

لیکن آپ کہیں یہ نہ سمجھ لیں کہ بزرگ مزاحیہ مضامین کے بارے میں کچھ نہیں جانتے۔ یہ بتا دینا مناسب معلوم ہوتا ہے کہ مزاحیہ مضامین کے متعلق بھی ان کی واقفیت کافی ہے زیادہ مدت نہیں ہوئی انھوں نے اپنے ایک عزیز کے مزاحیہ مضامین کا مجموعہ پڑھا تھا۔ اس پر انھوں نے اپنی رائے کا اظہار مندرجہ ذیل خط میں کیا۔

ڈیر آنند کمار!

سدا آنند رہو سگے تم نے کیا کیا کہ افسانہ لکھتے لکھتے مزاحیہ مضامین لکھنا شروع کر دیا۔ مزاحیہ مضامین لکھنا تمہارے بس کی بات نہیں۔ یہ صرف وہ آدمی لکھ سکتا ہے جسے زندگی کا کافی تجربہ ہو۔ تمہاری عمر ہی کیا ہے۔ جمعہ جمعہ آٹھ دن۔ تمھیں مزاحیہ مضامین لکھنے کے لئے کم از کم تیس برس اور انتظار کرنا پڑے گا۔ میں اگر چاہوں تو کامیاب مضامین لکھ سکتا ہوں۔ کیونکہ میری عمر ساٹھ کے لگ بھگ ہے۔ لیکن کیا کیا جائے، لکھنے کے لئے فرصت ہی نہیں ملتی۔ اب میں تمھارے دو ایک مضامین کی طرف آتا ہوں۔ تمھارا ایک مضمون ہے "ہم بہشت میں پہنچے" پہلے تو عنوان ہی غلط ہے۔ جب تک تمھاری وفات نہ ہو جائے تم بہشت یا دوزخ میں جا کس طرح سکتے ہو۔ اور چلے بھی جاؤ تو پھر وہاں سے واپس کس طرح آسکتے ہو۔ وہ بہشت ہی کیا جس سے لوٹ کر دنیا میں پھر آنے کو جی چاہے۔ بہشت میں تم نے جن باتوں کو دیکھا اور

جن کا ذکر اپنے مضمون میں کیا وہ بھی عجیب معلوم ہوتی ہیں۔ تم لکھتے ہو بہشت میں کوئی ہسپتال نہیں۔ بھلا یہ کیسے ہو سکتا ہے۔ وہاں جو لوگ بیمار ہوتے ہیں وہ علاج کہاں کراتے ہیں۔ اگر تم یہ کہتے ہو کہ بہشت میں کوئی بیمار نہیں ہوتا تو میں یہ بات ماننے کے لئے تیار نہیں۔ کیونکہ جب کھانے پینے کو طرح طرح کی لذیذ چیزیں ملیں تو زیادہ کھا جانا قدرتی ہے۔ اور زیادہ کھا کر آدمی ضرور بیمار ہوگا۔ خاص کر جب وہ کسی قسم کی ورزش بھی نہ کرتا ہو۔ آگے چل کر تم نے لکھا ہے کہ بہشت میں زیادہ گرمی ہوتی ہے نہ سردی۔ یعنی موسم ہمیشہ معتدل رہتا ہے تو یہ بات بھی عجیب ہے۔ کیونکہ اگر موسم ہمیشہ معتدل رہتا ہے تو گرمی کے موسم میں پیدا ہونیوالے پھل اور ترکاریاں بہشت میں نہیں ہو سکتیں۔ یعنی وہاں نہ آم ہو سکتا ہے نہ کریلے۔ بھلا وہ کیسی بہشت ہوئی جہاں کوئی کام کا پھل پیدا ہی نہیں ہو سکتا۔ دراصل تم سے یہ غلطیاں اس لئے سرزد ہوئیں کہ تمہیں بہشت کی زندگی کا کوئی تجربہ نہیں۔

ایک اور مضمون ہے۔ "ہم سسرال گئے" مجھے یہ مضمون پڑھ کر بہت ہنسی آئی۔ ابھی سگائی تو تمہاری ہوئی نہیں اور سسرال کے خواب دیکھنے لگے۔ سسرال کا جو نقشہ تم نے کھینچا ہے وہ حقیقت سے بعید ہے۔ تم لکھتے ہو کہ تمہاری ساس کے اتنے بچے تھے کہ جب تم نے ان سے ان سب کے نام پوچھے تو وہ ایک بچے کا نام

ہی بھول گئی۔ یہ بات ناممکن ہے۔ کوئی ماں، چاہے اس کے کتنے ہی بچے ہوں ان کا نام نہیں بھول سکتی۔ اسی طرح قریب قریب ہر مضمون میں تم نے بیشمار پٹخنیاں کھائی ہیں۔

اور پھر میں پوچھتا ہوں، اس قسم کے مضامین لکھنے کا کیا فائدہ ہے۔ تمہیں ایسے مضامین لکھنے چاہئیں جو دلچسپ ہونے کے ساتھ ساتھ مفید بھی ہوں۔ مثلاً "ہم نے دیسی صابن کیسے تیار کیا"۔ "ہم نے افیم کیسے چھوڑی"۔ "ہم نے آلو کا رائتہ کس طرح بنایا" وغیرہ وغیرہ۔ مطلب یہ کہ مضمون میں کام کی باتیں ہونی چاہئیں۔ صرف طنز و مزاح ہی کافی نہیں۔ امید ہے آئندہ جب کبھی مزاحیہ مضمون لکھو گے ان باتوں کا خیال رکھو گے۔

خیر اندیش

تمہارا ایک بزرگ

ملاحظہ فرمایا آپ نے، ان بزرگ کی ادب کے بارے میں کتنی واقفیت ہے سچ پوچھئے تو ان کا دم غنیمت ہے۔ اگر یہ نہ ہوں تو نہ کوئی گیت لکھ سکے نہ ناول اور نہ ہی مزاحیہ مضمون۔ یعنی لکھنے کا سارا کام ہی رک جائے اور بیچارے ادبار مایوس ہو کر خودکشی کر لیں۔

مِس چنبیلی

وہ جو شیخ سعدی نے کہا ہے "پیر شو بیاموز" بالکل بجا کہا ہے۔ برسوں ادبی رسائل میں مضامین لکھتے رہے مگر کسی کو کانوں کان خبر نہ ہوئی کہ ہم بھی ادیب ہیں۔ زیادہ سے زیادہ یہ ہوا کہ دو چار ایڈیٹروں سے واقفیت ہو گئی اور ان کے تقاضوں نے ناک میں دم کر دیا۔ یا کچھ ادبی قسم کے لوگ جو ہمیں پہلے ہی سے جانتے تھے، اب ذرا اچھی طرح جان گئے۔ اگر کسی ایسی مجلس میں مدعو کئے گئے جہاں شہر کے شرفا و رؤسا بھی موجود تھے اور کسی شخص نے از راہِ ہمدردی ہمارا تعارف ان سے کرایا تو ہمارا استقبال اس قسم کے کلمات سے کیا گیا۔

"مرزا ازبک! — کون ازبک!۔ کہیں وہی تو نہیں، جن کے پان بہت مشہور ہیں۔ اچھا کبھی چونا منڈی سے گذرنے کا اتفاق ہوا تو ضرور ان کے پان بھی کھائیں گے۔"

"اچھا۔ تو یہ ہیں مرزا ازبک! بخدا شکل وصورت سے بالکل ازبک ہی نظر آتے ہیں۔"

"مشہور ادیب ہیں! ہم نے تو ان کا نام پہلی بار سنا ہے۔"

آخر ایک دن جو اپنی گمنامی کا تجزیہ کیا تو معلوم ہوا کہ تصور اپنا ہی ہے۔ ادبی رسائل میں لکھنا پرلے درجے کی حماقت تھی۔ اوّل تو ادبی رسائل کی اشاعت ہی کتنی ہوتی ہے اور پھر انھیں خریدتا اور پڑھتا کون ہے؟ چند شعرا اور ادبا جنھیں رسالہ مفت بھجوایا جاتا ہے یا کالج کے کچھ ذہین طلبا جنھیں غزلیں اور نظمیں پڑھنے کا شوق ہوتا ہے لیکن جو ادبی مضامین سرے سے ہی نہیں پڑھتے۔ دراصل ادبی مضامین خشک بھی تو اتنے ہوتے ہیں کہ ان کے عنوانات پڑھنے کے بعد ہی لاحول پڑھنے کو جی چاہتا ہے چنانچہ فیصلہ کیا کہ آئندہ صرف عوامی رسائل ہی میں لکھا کریں گے

اتفاق سے پتہ چلا کہ بمبئی کا مشہور فلمی رسالہ "فلم باز" اپنا ایکٹرس نمبر نکال رہا ہے۔ ہم نے فوراً ایک مضمون لکھا۔ عنوان تھا "مس چنبیلی سے ایک ملاقات" چند دنوں کے بعد ایڈیٹر صاحب کا خط آیا۔ "مضمون بہت پسند آیا۔ مبلغ پچاس روپے کا چیک بطور معاوضہ بھجوا رہا ہوں۔ امید ہے کہ آپ آئندہ بھی "فلم باز" کی سرپرستی فرماتے رہیں گے۔ ہاں اپنی فوٹو بھی ضرور عنایت کیجیے گا۔"

چیک کو دیکھ کر باچھیں کھل گئیں۔ اور بے اختیار منھ سے نکلا۔ واللہ ہم بھی کتنے سادہ لوح تھے کہ ادبی رسائل میں لکھتے رہے اگر شروع سے ہی 'فلم باز' میں لکھتے تو آج خاصے مالدار ہوتے۔ ادبی مضامین کا اس فلمی مضمون سے موازنہ

کیا تو پتہ چلا کہ جہاں ایک ادبی مضمون کے لئے گھنٹوں مغز پچی کرنا پڑتی ہے وہاں ایک فلمی مضمون منٹوں میں لکھا جا سکتا ہے ۔ "مس چنبیلی سے ایک ملاقات" کو ہی لیجئے ۔ لکھا ہی کیا تھا ہم نے اس میں ۔ ۔ ۔ ۔ یہی کہ ۔ ۔ ۔ ۔ بوٗنا سا قد ۔ چھریرا بدن ۔ خوبصورت ناک نقشہ ۔ مس چنبیلی واقعی مس چنبیلی ہے ۔ ۔ ۔ وہ ایک نہایت پُراسرار ایکٹرس ہے ۔ اسے کالی بلیوں اور بھورے رنگ کے خرگوشوں سے والہانہ محبت ہے ۔ وہ اپنی جلد کی خوبصورتی برقرار رکھنے کے لئے دیسی صابن کا استعمال کرتی ہے ۔ اس کے دانت موتیوں کی طرح سفید ہیں ۔ کیونکہ وہ ایک تیز چاقو سے انھیں ہر وقت کھرچتی رہتی ہے ۔ اسے عطرِ حنا بالکل پسند نہیں ۔ ایک دفعہ اس نے غلطی سے عطر حنا سونگھ لیا تھا اور وہ بے ہوش ہوگئی تھی ۔ ہوش میں آنے کے بعد اسے پتہ چلا کہ وہ عطر حنا نہیں تھا کلوروفارم تھا ۔

مس چنبیلی عموماً شام کا کھانا صبح اور صبح کا کھانا شام کے وقت کھاتی ہے آلو، ٹماٹر، گوبھی اور بینگن کے علاوہ اسے کوئی ترکاری پسند نہیں ۔ اسے ہوائی جہاز چلانا بالکل نہیں آتا ۔ اس نے مجھے بتایا کہ وہ اس شخص سے شادی کرے گی جو بہت اچھا ہوا باز ہو ۔ کھوٹے سکے، خالی بوتلیں اور مٹی کے لوٹے اکٹھا کرنے کا اسے بے حد شوق ہے ۔ وغیرہ وغیرہ ۔

اس مضمون کا چھپنا تھا کہ سارے شہر میں تہلکہ سا مچ گیا ۔ جسے دیکھو 'فلم باز' کا ایکٹرس نمبر، ہاتھ میں لئے مبارکباد دینے چلا آرہا ہے ۔ " واہ ! کیا صاحب واہ ۔ خوب مضمون لکھا ہے ۔ واللہ لطف آگیا ۔ کیا انکشافات فرمائے ہیں ۔ سبحان اللہ ۔ مضمون کیا لکھا ہے قلم توڑ کر رکھ دیا ہے ۔"

اُنہی دنوں کی بات ہے کہ ایک شام ہم پان کھانے کے لئے کتھال چونامل کی دوکان پر رُکے۔ ہم نے دیکھا کہ دونوں پنواڑی ہمیں دیکھ کر آپس میں کھُسر پُسر کر رہے ہیں۔ ایک آدھ منٹ کے بعد کتھامل نے ذرا اونچی آواز میں کہا۔

"تو تم ہی پوچھ لو نا۔ شرماتے کیوں ہو؟"

ہم نے پوچھا۔ "کیا بات ہے بھئی؟"

چونامل نے ڈرتے ڈرتے کہا۔ "جی ایک بات پوچھنا تھی۔"

"کہیئے۔"

"آپ مرزا اجبک ہیں نا؟"

"جی ہاں۔ میں مرزا انیک ہوں۔"

"ہی ہی ہی۔ آپ کی فوٹو فلم اج میں دیکھی تھی۔ وہ مجمون (مضمون)...... چنبیلی پر .... آپ نے لکھا تھا۔"

"ہاں صاحب۔ ہم نے لکھا تھا۔"

ہی ہی ہی۔ بہت اچھا مجمون ہے۔ ہم نے اسے پڑھا تھا۔ چنبیلی بہت اچھا کام کرتی ہے جی۔ ہم نے اپنی دوکان میں چنبیلی ہی کی تصویریں لگا رکھی ہیں۔"

ہم نے دیکھا کہ اس کی دوکان میں واقعی چنبیلی ہی چنبیلی نظر آتی ہے۔ پیسے دینے کے لئے بٹوا نکالا ہی تھا کہ کتھامل نے ہمیں منع کرتے ہوئے کہا۔

"نا صاحب نا۔ ایسا نہ کیجئے۔ ہم آپ سے پیسے نہیں لے سکتے۔"

"لیکن کیوں؟" ہم نے حیران ہو کر پوچھا۔

"اجی رہنے دیجئے۔ آپ اتنے بڑے آدمی ہیں۔ مس چنبیلی کو جانتے ہیں۔ آپ

سے بھلا کیسے . . . . "

بہت اصرار کیا ۔ لیکن وہ نہ مانا بلکہ کہنے لگا ۔ "آئندہ بھی جب کبھی پان کا شوق فرمانا ہو ۔ ہمیں یاد فرمائیے گا ۔"

پان چباتے ہوئے سڑک پر جا رہے تھے کہ اچانک ایک حولدار نے ہمیں پکار کر کہا ۔

"اجی ازبک صاحب ، ذرا ٹھیرئے تو ۔"

حولدار کو دیکھ کر ہمارا کلیجہ دھک سے ہو گیا ۔ خدا خیر کرے ۔ کہیں اس کے پاس ہماری گرفتاری کا وارنٹ تو نہیں ہے ۔ کہیں اسے ہم پر جیل سے بھاگے ہوئے کسی مجرم کا شبہ تو نہیں ہوا ۔

حولدار صاحب نے کہا ۔ "میں پرسوں سے آپ کو تلاش کر رہا ہوں ۔ اچھا ہوا آپ اتفاقاً مل گئے ۔"

"لیکن حولدار صاحب ہم نے . . . . ہمارا مطلب ہے . . . . . کہ "

"اجی ازبک صاحب ؟ حولدار صاحب نے ہماری بات سُنی اَن سُنی کرتے ہوئے کہا ۔ "آپ نے تو کمال کر دیا ۔ وہ مضمون جو آپ نے لکھا ہے چنبیلی پر ، بخدا چار دفعہ پڑھ چکا ہوں اور اتنی ہی بار اور پڑھنے کا ارادہ ہے ۔"

مضمون کا ذکر سن کر جان میں جان آئی ۔ وہ فرمانے لگے ۔" آئیے نا ، ذرا غریب خانے تک ۔ چائے پئیں گے اور ساتھ ہی آپ سے مس چنبیلی کے بارے میں کچھ اور تفاصیل سنیں گے ۔"

میرے انکار کے باوجود وہ مجھے اپنے ہاں لے گئے ۔ چائے پینے کے دوران

میں پوچھنے لگے: "ازبک صاحب یہ جو آپ نے اپنے مضمون میں لکھا ہے کہ ایک بار مس چنبیلی نے ایک چور پکڑا تھا۔ کیا یہ درست ہے؟"

"جی ہاں۔ بالکل درست۔"

"لیکن وہ چور کون تھا؟"

"چور کہاں تھا قبلہ۔ وہ تو ایک فاقہ زدہ شاعر تھا۔"

"فاقہ زدہ شاعر؟"

"جی ہاں۔ بے چارا گھر سے بمبئی آیا تھا کہ فلموں کے گانے لکھے گا۔ لیکن آپ جانتے ہیں کہ بمبئی میں واقفیت کے بغیر کام کہاں ملتا ہے۔ دو ایک مہینے۔ سٹوڈیوز کی خاک چھانتا رہا۔ اس اثنا میں جو پونجی گھر سے لایا تھا ختم ہو گئی۔ آخر ایک دن اس نے چوری کرنے کی ٹھانی۔ ایک کند سی تلوار لے کر رات کے ایک بجے مس چنبیلی کے کمرے میں داخل ہوا۔"

"پھر ---؟"

"اچانک مس چنبیلی کی آنکھ کھل گئی۔ وہ شب خوابی کے لباس میں اٹھ کھڑی ہوئی۔ اور شاعر کی آنکھوں میں آنکھیں ڈال کر کہنے لگی۔ "آپ مجھے قتل کرنا چاہتے ہیں شوق سے کیجئے ع

سرِ تسلیم خم ہے جو مزاجِ یار میں آئے

دراصل یہ ایک فلم کا ڈائیلاگ تھا جو مس چنبیلی کو بر وقت یاد آ گیا۔ بس صاحب شاعر نے جب یہ ڈائیلاگ سنا تو غش کرنے لگا۔ تلوار اس کے ہاتھوں سے گر پڑی، اور بے اختیار اس کے منہ سے نکلا ع

اس سادگی پہ کون نہ مرجائے اے خدا
لڑتے ہیں اور ہاتھ میں تلوار بھی نہیں

مس چنبیلی نے کمال صفائی سے وہ کُند تلوار اُٹھائی اور شاعر پہ وار کیا۔ بھوک سے تو وہ پہلے ہی نڈھال ہو رہا تھا۔ فوراً زمین پہ آ رہا مس چنبیلی نے گھنٹی بجائی اور اس کے پٹھان ملازم نے شاعر کی مشکیں کس دیں اور صبح اسے پولیس کے حوالے کر دیا گیا:

"خوب۔خوب۔ کمال کی دلیری دکھائی مس چنبیلی نے"

"جی ہاں۔"

"اچھا آپ نے یہ بھی لکھا ہے کہ ایک دفعہ مس چنبیلی نے چلتی گاڑی سے چھلانگ لگا دی تھی۔ وہ کیا قصہ تھا؟"

"صاحب یہ قصہ ذرا طویل ہے، پھر کبھی عرض کر دوں گا، اب اجازت چاہتا ہوں"

رات کے وقت جب گھر لوٹے تو ہمارے ہمسائے ڈاکٹر منوہر لال صاحب تشریف لائے۔ چھوٹتے ہی کہنے لگے۔" قبلہ ازبک صاحب آپ تو چھپے رستم نکلے یہ آپ نے لکھنا کب سے شروع کر دیا۔ ہم تو سمجھتے تھے کہ آپ محض معلم ہیں لیکن آپ تو اچھے خاصے ادیب بھی ہیں"

"قدر افزائی کا بہت بہت شکریہ۔ ادیب تو کیا ہوں۔ یونہی مشغلے کے طور پر کبھی کبھار لکھا کرتا ہوں"

"اچھا ازبک صاحب، یہ جو آپ نے لکھا ہے کہ مس چنبیلی صبح کا کھانا شام کو

اور شام کا کھانا صبح کھاتی ہے۔ اس سے مس چنبیلی کو بدہضمی کی شکایت تو نہیں ہو جاتی ہے۔"

"قبلہ یہ سب عادت پر منحصر ہے۔ عادت اور مشق پر۔ ہمارا تو خیال ہے کہ اگر کوئی شخص تھوڑی سی مشق کرلے تو کچھ عرصے کے بعد اسے صبح اور شام میں امتیاز کرنا مشکل ہو جائے گا۔"

"بہر حال میڈیکل نقطۂ نگاہ سے۔۔۔"

"میڈیکل نقطۂ نگاہ کو رہنے دیجیے۔ یہ فلم لائن ہے۔ اس میں سب کچھ چلتا ہے۔"

چند دنوں کے بعد ایک عطار کی دوکان پر جانے کا اتفاق ہوا۔ مجھے دیکھتے ہی اٹھ کھڑے ہوئے۔ آداب بجالانے کے بعد کرسی پیش کی۔ اور کہنے لگے

"ازبک صاحب ہمیں معلوم نہ تھا کہ آپ اتنے بڑے ادیب ہیں۔ ورنہ یہ گستاخی کبھی نہ ہوتی۔"

"کونسی گستاخی قبلہ؟"

"پچھلے دنوں آپ شربت بنفشہ لینے آئے تھے، اور ہم نے آپ سے پیسے لے لئے تھے؟"

"اس میں تو کوئی گستاخی نہیں۔ آخر پیسے تو آپ۔۔۔"

"نہیں صاحب، یہ بہت بڑی گستاخی ہے۔ خیر اس کی تلافی آج کر دی جائے گی۔ شربت بنفشہ ہی چاہیئے نا آپ کو؟"

"جی ہاں۔ چار تولے دیدیجیے۔"

"تولوں کا حساب چھوڑیئے ازبک صاحب آپ بوتل ہی لے لیجئے۔۔۔

اے بھئی خیراتی لال، ان صاحب کو شربت بنفشہ درجہ خاص کی ایک بوتل لا دو ـــــ"

"لیکن قبلہ مجھے بوتل نہیں چاہیئے۔"

"اجی صاحب ہماری طرف سے ناچیز تحفہ سمجھ کر لے جائیے۔ واہ واہ کیا مضمون لکھا ہے آپ نے۔"

بوتل پیش کرنے کے بعد انھوں نے بتایا کہ مس چنبیلی کے غائبانہ مداح ہیں "فلم باز" کا باقاعدہ مطالعہ کرتے ہیں اور صرف یہی ایک رسالہ ہے جسے ان کی دوکان پر پڑیا باندھنے کے کام میں نہیں لایا جاتا۔

ان کا شکریہ ادا کر کے گھر پہونچا تو چند فلم زدہ لڑکیاں وارد ہوئیں۔ بے چاری بے حد پریشان تھیں۔ اور میری رہنمائی چاہتی تھیں۔ ان میں سے ایک یہ دریافت کرنے آئی تھی کہ اگر میں ایک کالی بلی مس چنبیلی کو بھجوا دوں تو کیا وہ اسے قبول کر لے گی؟ ـــــ دوسری کے پاس کھوٹے سکوں کا ذخیرہ تھا، وہ اسے مس چنبیلی کی نذر کرنا چاہتی تھی ـــــ تیسری یہ جاننے کی خواہش مند تھی کہ مس چنبیلی کونسا دیسی صابن استعمال کرتی ہے؟ ـــــ ان سب کو مناسب مشورے دیئے گئے اور وہ خوش و خرم رخصت ہوئیں۔

اس دن ایک مشہور ادبی رسالے کے ایڈیٹر صاحب کا خط ملا کہ وہ فانی بدایونی پہ ایک خاص نمبر نکال رہے ہیں، اس لئے ہم انھیں ایک مضمون بہ عنوان "فانی کی شاعری پر شوپن ہار کا اثر" لکھ کر بواپسی ڈاک بھجوائیں۔ ہم نے انھیں جواب میں جو خط لکھا وہ سننے کے قابل ہے۔

محترمی ـــــ غالباً آپ کو معلوم نہیں کہ ادبی مضامین سے مدت سے تائب ہو چکا ہوں۔ میرے خیال میں یہ سراسر تضیع اوقات ہے۔ نیز مالی لحاظ سے سخت خسارے کا سودا ہے۔ اگر میں آپ کے رسالے کے لئے مضمون لکھوں گا تو زیادہ سے زیادہ آپ یہ کریں گے کہ مجھے رسالہ بھجوادیں گے یا یہ سمجھتے ہوئے کہ اگر مجھے اپنا مضمون پڑھنے کا شوق ہوا تو میں خود ہی خرید لوں گا رسالہ بھی نہیں بھجوائیں گے۔ چنانچہ میں نے فیصلہ کیا ہے کہ میں صرف فلمی مضامین لکھا کروں گا۔ پچاس روپے معاوضہ ملتا ہے کھانے کو پان اور پینے کو شربت بنفشہ مفت مل جاتا ہے۔ نیز ہمعلے سمجھتے ہیں کہ ہم واقعی بہت بڑے ادیب ہیں۔ صاف گوئی کے لئے معذرت چاہتا ہوں۔ اگر مناسب سمجھیں تو میری طرف سے اپنے رسالے میں یہ اعلان شائع فرمادیں کہ آئندہ کوئی ادبی رسالہ مجھ سے ادبی مضمون کا تقاضہ نہ کرے۔ فقط